品嘗好書　冠群可期

目錄

灰色巨人

少年偵探⑪

灰色巨人

江戶川亂步

志摩女王

東京市最有名的百貨公司，舉行寶石展覽會。百貨公司的美術部主任負責承辦這項大活動，他從日本各地蒐集著名的寶石，在五樓的會場展覽。

以前的華族（公爵、男爵等擁有爵位的人及其家人，從明治政府時期開始，於第二次世界大戰後廢止）與各地名家所收藏的珍貴寶石類，以及日本國內名聞遐邇的寶石等全都聚集在此，甚至還有宮中的珍寶。

在這些寶石當中，不乏多種美術品。包括項鍊、鑽石、歐洲某國鑲嵌紅寶石的皇冠、鑲有鑽石的英國製座鐘、鑲有藍寶石的黃金匣子、日本的勾玉（裝飾用月牙形的玉），以及中國的白玉（珍珠）等。各種奇珍異寶彷彿閃耀的星星，使得整個展覽會場變得輝煌燦爛。

陳列寶石的總值高達數百億日幣，絕對不能遺失其中任何一項，所以展覽室警備森嚴，除了展覽時間以外，出入口全都上鎖，鑰匙則由百貨公司的美術主任隨身攜帶。另外，展覽室的周圍還有警政署指派的十名幹練刑警，不分晝夜的嚴密監視。

每小時只允許五十人入內參觀，其他人，則必須在展覽室入口排隊等候。

兩個出入口由十名店員接待。展覽室裡，兩個嵌著玻璃的陳列台併成一個，由女店員負責看守。

展覽室正面有個巨大的陳列架，玻璃櫃內黑絲絨的墊子上，陳列著三個寶物。左側是鑲著鑽石的座鐘，右側是鑲著鑽石和紅寶石的皇冠，正中央則是高二十公分、鑲嵌數千顆珍珠的三層寶塔，如月光殿般銀光閃爍。

這個珍珠塔，是由三重縣著名珍珠王提供展覽的「志摩女王」，堪

稱稀世珍寶。為距今二十幾年前，東京為舉辦大型博覽會而製作出來的珠寶。在當時的博覽會中，遠從法國來到日本的怪盜亞森羅蘋，偷走了珍珠塔，結果名偵探明智小五郎冒著危險，又將它奪了回來（這個事蹟刊載於『黃金假面』一書中）。

東京市民從報紙和廣播得知這件事，使得珍珠塔「志摩女王」一躍而成為最受歡迎的展覽品。每個參觀的人一進入展覽會場，就會先尋找珍珠塔的蹤影，並佇立在陳列的玻璃櫃前，捨不得將目光移開美麗的寶塔。

某天早上，百貨公司玄關的大門才剛打開，宣稱自己是「志摩女王」所有者大名鼎鼎的珍珠王本人，帶著一名身著西裝的年輕男子來到百貨公司的事務所。店員吃驚的請他到貴賓室（接待身份較高的客人的房間），由經理負責接待。

「今天我們來，是有事要拜託你。」

身穿和服的珍珠王，雖然是高齡八十歲的老人，但是聲音洪亮。他微笑著說道。

「是的，有什麼需要我們幫忙的嗎？」

經理恭謹的詢問著。

「事實上，珍珠塔其中的一顆珍珠有傷痕。因為急著展覽，所以暫時擱置不理。可是我還是很在意，於是趁著這次來市內的機會，帶了一位技術高超的師父前來。他叫松村，是我們工廠非常重要的領班。我想請他將那顆有瑕疵的珍珠換下來。……原本只要派他來就夠了，但是，你們可能會不相信他，因此，我才會親自跑一趟。」

「那麼，要在這裡更換嗎？」

「沒錯，就在這個房間，當著你的面更換。不過，還是要先將珍珠塔拿到這裡。松村先生，你和經理一起去展覽室，把寶塔拿到這裡來。」

於是，經理帶著那位名叫松村的珍珠師父，來到五樓的展覽室。

因為大門剛開不久，所以，現在展覽室裡還沒有客人。負責看守出入口的店員也才來到監視崗位。經理對店員說：

「有東西要修理，現在我們要將珍珠塔拿到貴賓室去。」

說著從口袋裡掏出鑰匙，打開玻璃櫃。

領班松村將珍珠塔連同絲絨盒一併取出，用雙手小心翼翼的捧著，跟著經理走出展覽室。

兩個人通過客人稀少的五樓賣場，朝大樓梯的方向走去。經理打算帶松村從這個樓梯走到下面的貴賓室。看似跟在經理身後的松村，就在這時，突然爬向通往樓上的樓梯，速度快得驚人。而經理在他跑了五、六個階梯時才發現。

「啊！松村先生，錯了、錯了，不是往上爬，走這邊才對！」

經理驚訝的往上追了五、六階，在後面大叫著。不料松村竟然頭也不回，繼續往樓上跑。不一會兒，轉個彎就不見蹤影了。

「喂！不是那邊呀！」

經理臉色大變，追著松村跑上樓梯。但是，當經理爬到六樓時，松村早就來到七樓，那裡已經是屋頂。

「喂！大家快來，趕快抓住搶走珍珠塔的人！」

叫聲從屋頂上傳來。聽到叫喚聲，店員們全都圍攏過來。五樓負責警戒的刑警們，也全都應聲趕到。

經理跑到屋頂的空中花園，瞪著眼睛朝四周張望，可是，並沒有發現松村。

雖然屋頂上有稀疏的客人，但是，沒有看到穿著黑色西裝、捧著裝有珍珠塔大盒子的松村。店員和刑警們搜遍廣大的屋頂，所有可能躲人的場所都查看過，就是沒有松村的蹤影。

「會不會從其他樓梯往下逃走了呢？我們到那邊的樓梯找找看。」

經理大聲叫著。

一群店員立刻跑向經理所說的樓梯那裡。這時，一名還留在屋頂上的店員突然驚訝的大叫。

「哎呀！在那裡，掛在那裡！」

店員用手指著空中，於是眾人紛紛抬頭看向他手指的方向。

真是奇怪！松村竟然躲在空中。大家只在屋頂的花園尋找，當然沒有察覺松村就飄浮在天空中。

在空中飛翔的巨象

在百貨公司屋頂的上空，巨大的塑膠巨象正飄浮著。原來是廣告汽球。比真正的象體積大上兩倍的大象，用繩子繫在屋頂上，在高空中飄盪。

松村沿著廣告汽球的繩子爬向空中。

刑警和店員們「哇」的大叫，跑向捲動繩索的機器處。為了擒住松村，他們企圖把廣告汽球的繩子捲回來。

在空中飄盪的松村，不知何時已經扔掉了絲絨盒，只用大的黑布包住珍珠塔，掛在自己的脖子上，雙手抓著繩子，不斷往上攀爬。

「喂！大家一起來捲！」

一名刑警大聲發號施令，自己則抓著捲繩機的把手，奮力轉動著。店員們也紛紛上前抓住把手，合力將繩子捲回來。

巨象廣告汽球，搖搖晃晃的慢慢落下來。

抓著繩子的松村察覺到自己的處境，於是立刻加快速度往上爬，很快的就來到大象粗腿的部位。

可是無論他怎麼努力，也只能爬到大象的末端。等到大象被拉回屋頂，即使想逃也無處可逃。

眼看繩子的長度只剩一半，店員們更加發出嘿！嘿！聲音，賣力的

轉動機器的把手。

繩子的長度剩下三分之一、四分之一，愈來愈短。利用氣體充氣的塑膠大象確實相當巨大，松村趴在大象肚子的部位，包著珍珠塔的包袱則還掛在脖子上。

「好了，再努力一下，加油吧！我們就快搶回珍珠塔了。」

刑警不斷吆喝著，店員們更使勁轉動把手。

就在這時，原本在轉動把手的店員們，突然全都嚇了一跳，因為把手突然變輕了。

吃驚的抬頭看向天空，塑膠巨象已經藉著氣體的力量，往外彈出了五十公尺遠，而且隨風朝東方飄去。

原來繩子被割掉了。啊！是爬到大象腹部的松村，拿出刀子，割斷了繩子。

仔細一看，大象肚子下懸掛著吊床似的東西，松村就躺在上面，俯

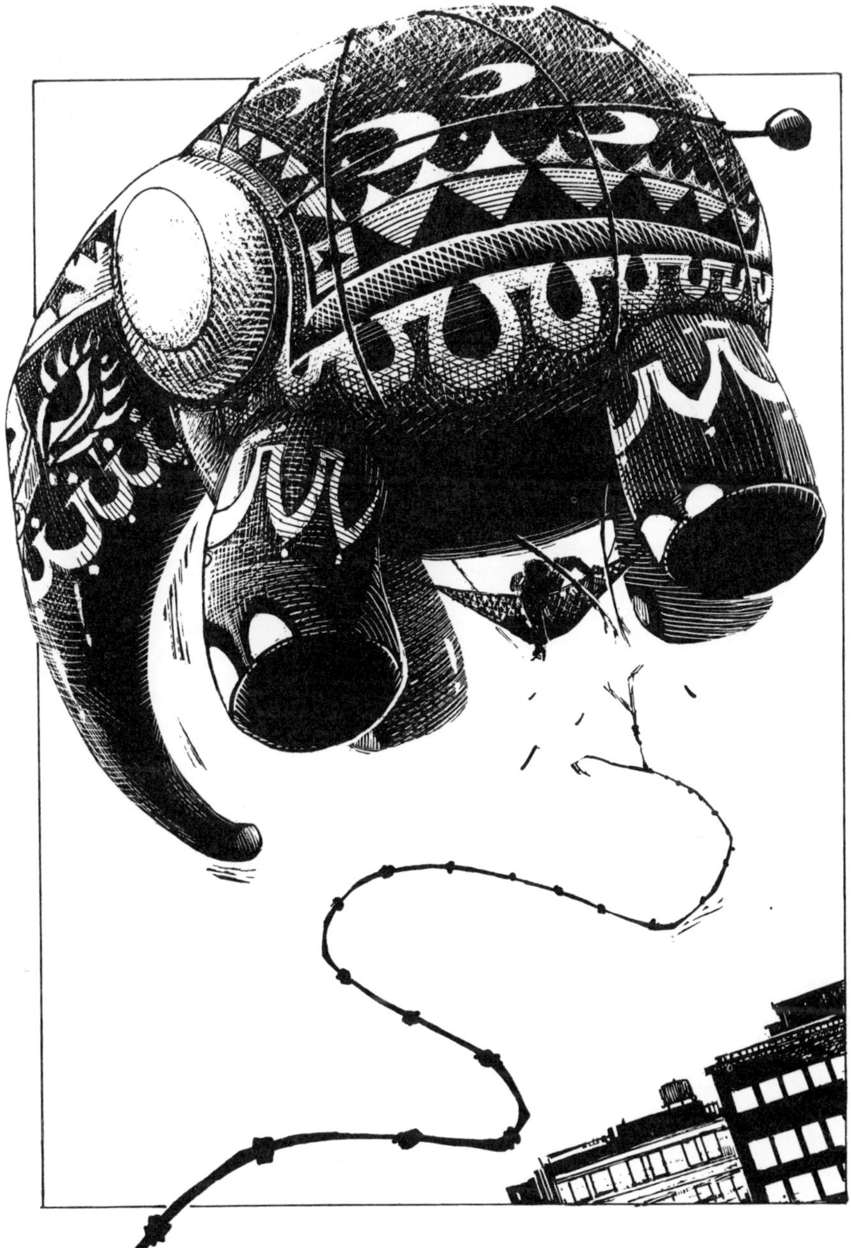

視下方。他伸出右手，摸摸自己的鼻尖，好像在嘲笑眾人一樣，只差沒說「到此為止囉」。

再凝神細看，被割斷的繩子，每隔四十公分就綁著小珠子，松村就是用腳趾勾住珠子往上爬的。而珠子和大象腹部的吊床，應該是有人趁著黑夜時綁上去的。

這天正颳著強勁的西北風，塑膠巨象朝著東南方的高空飛去，愈來愈小。最後用肉眼已經看不到松村，甚至連巨象的蹤影都模糊難辨。

然而這時經理並沒有茫然的看著天空，當繩子拉到一半時，他突然想起一件事，匆忙的趕到屋頂的升降梯前，按下按鈕，搭乘升降梯，打算去通知還在貴賓室等候的珍珠王這件怪事。

當他來到二樓，進入貴賓室時，這裡也發生令人錯愕的事情。

貴賓室竟然空無一人。詢問女服務生珍珠王何時離開的，她卻完全不知道。

「看來那個珍珠王一定也是假冒的。」

經理臉色蒼白，迅速來到電話前拿起話筒，打到珍珠王的東京分店，問該店的店員珍珠王是否來到東京市。店員聽到他這麼說，驚訝的說道：

「不，董事長並沒有去呀！他暫時不會過去，也沒聽說他計劃要來東京。」

店員清楚的回答著。

事已至此，表示先前的珍珠王果然是冒充的，而松村領班當然也不可能是真的。

經理只見過珍珠王一、兩次面，無法識破對方的偽裝，而且他根本作夢也沒有料到八十歲的老人竟然是個冒牌貨，結果自己在不知不覺中上當受騙。

事實上，這個冒牌貨喬裝的技巧十分高明，不只是看起來像八十歲

的老人，連說話的姿態、動作，都足以混淆視聽。

直到後來才知道，這個冒牌的珍珠王並不是竊賊，而是一名七十多歲的拾荒老人。

由於竊賊給他五萬圓（相當於現在的五十萬圓）的酬金，他才會按照對方的吩咐行事。真正的竊賊只有那個假扮領班的松村而已。他竟然大膽的割斷汽球的繩子，進行大冒險。

巨象汽球到底飄往何方？當時正颳著強勁的西北風，於是汽球先從品川飛過台場，沿著東京灣前進。汽球裡的氣體會慢慢漏光，最後應該會落在太平洋的大海中。

如果有船行經還無所謂，但是，一旦掉落在沒有船的海面上，那麼，這個叫做松村的怪盜可能就會溺死在海中。難道知道會遭遇這種可怕劫難的他，還要進行冒險嗎？

就在巨象汽球飛越百貨公司的上空而逐漸變小時，一名刑警趕緊打電話回警政署的搜查課，報告這個事件。

得知這個消息之後，警政署立刻派遣搜查一課長，偕同三名組長，召開緊急會議，擬定因應的方針。並且命令在警政署廣場待命的警用直升機，即刻出發搜捕犯人。

直升機搭載駕駛、機械師，以及持有手槍和望遠鏡的警官。

汽球繩子被割斷之後，已經過了三十分鐘。汽球隨風飄盪，而直升機則是藉著螺旋槳和風來飛行，所以，速度當然超過汽球。

直升機來到警政署上空五十公尺處，順風全速前進。機上的警官利用望遠鏡巡視天空。

不久直升機離開東京市，來到品川的外海，已經可以看到台場了。

「啊！看到了、看到了，就在那裡！距離一千公尺、距離八百公尺。噢！肉眼已經可以看到！我們朝那個方向全速前進。」

直升機順著警官手指的方向，加速飛過去。

原本在空中如豆般大的黑點，逐漸變得如蘋果般大，很快的就可以看到如玩具般大象的形狀。大象愈來愈大，轉眼就在距離直升機一百公尺的天空中飄盪著。眼看悠閒躺在巨象腹部下方吊床上睡覺的竊賊，就要手到擒來。

這時，警官用望遠鏡看著後方的海面。就在直升機後方三百公尺處，有艘快艇正乘風破浪而來。原來警政署已經打電話通知水上警察署，派出速度最快的大型快艇（在港內與母船聯絡用的船）尾隨在直升機後面。

「好，只要有那艘快艇在，就算把汽球擊落也無妨。」

警官喃喃自語的說著。舉起手槍，瞄準前方飄浮在天空中的巨象。一旦子彈擊中大象的身體，只要等到氣體漏光，汽球就會落在海上。這時，待命的水上警察署的快艇就可以立刻前去逮捕竊賊。

一發、兩發、三發，警官的槍瞄準眼前巨象的腹部，陸續發射三發子彈。因為目標物相當的龐大，所以子彈百發百中。每當巨象中彈時，就會晃動一下。

慢慢的，從彈孔中漏出的氣體愈來愈多，巨象汽球的身體逐漸萎縮，終於朝著海面猛力的掉落下去。

「好了，已經沒問題了。」

直升機開始下降。水上警察署的快艇，沿著海面朝巨象汽球接近。當汽球到達水面時，快艇已經來到附近，可以立刻撈起竊賊。

就在快艇和巨象擦身而過時，搭乘快艇的水上警察用消防鉤（棒子前端附有鐵鉤的器具）鉤住萎縮的象腿，拉向快艇。

只要將大象萎縮的腹部翻過來，就可以看到在吊床上的竊賊。消防鉤鉤住吊床，直接拉了過來。

當幾名隊員正興沖沖的準備將竊賊扛到快艇上時，眾人突然驚訝的發出「啊」的叫聲。

「這只是一個橡皮人嘛！」

原以為是竊賊，沒想到竟然只是一個人偶。只要吹氣就會膨脹成人體形狀的橡皮人，穿著松村的黑色西裝。

當時在百貨公司屋頂上，沿著汽球繩子往上爬的人，的確是松村。活生生的人飛向空中之後，為什麼會變成人偶呢？

各位讀者，知道謎底了嗎？答案將在下一章揭曉。在此之前，大家不妨猜猜看吧！

降落傘

水上警察在檢查橡皮人時，發現人偶手上握著一張白色西式信封。打開一看，信紙上是這麼寫的。

灰色巨人

各位警察，辛苦了！抓到一看，竟然是人偶，想必你們一定很驚訝吧！珍珠塔的確是我拿走的，我將會把它妥善的收藏在我的美術館裡。我還會收集更多的寶石，建立世界第一的寶石美術館。再見囉！

灰色巨人

看到這裡，警察們氣得咬牙切齒，懊惱不已。

但是，「灰色巨人」到底是什麼呢？假扮成寶石師父的竊賊，既不是「灰色」，也不是「巨人」，只是個穿著黑色服裝的普通男子。難道他是竊賊的手下，而另外還有如「巨人」般高大的首領嗎？「灰色」指的又是什麼呢？難道是有著一張灰色臉的人嗎？

警察們不斷的思索著，但卻始終摸不著頭緒。高大的灰色人類，彷彿就像妖怪似的，光是想像就讓人毛骨悚然。

三十分鐘後，搭乘快艇的警察們回到水上警察署。就在不久前，有位男子把自己看到的奇怪事情告訴警方。

在一個小時前，這名男子僱用船家，請對方載他到台場附近釣魚。當時，他看到大象形狀的廣告汽球掠過頭頂，朝遠方飛去。

汽球繩子被割斷而飄到這裡，確實極為罕見。而且大象腹部還有東西掉落海面上。仔細一看，原來是有人使用降落傘。

竟然有人會從廣告汽球上降落，實在令人匪夷所思。這時，他看到有艘快艇以驚人的速度乘風破浪而來。等到利用降落傘跳下來的人掉落至海面上後，立刻將這個人撈起。接著，快艇就沿著品川的方向全速揚長離去。

白色的浪濤一分為二，快艇急馳而去，激起的浪花漸去漸遠，後來就看不見了。

事情發生得既迅速又突然。在男子釣魚的附近，還有另外兩、三艘釣魚船。雖然看到這種情況，但是，大家並不知道利用降落傘逃脫的竟然是寶石大盜，所以，還是若無其事的釣魚。

跑來通知警方的男子，最早停止釣魚而回到岸上。得知百貨公司的寶石大盜跳上廣告汽球逃走的事情之後，他驚訝的心想「咦！難道先前那個人就是竊賊嗎」，於是趕緊跑去通知警察。

原來，早就有一艘快艇撈起背著降落傘的男子逃逸，一個小時之後才想追趕，當然已經來不及。於是只好在東京灣內進行搜索，找尋可疑的快艇。雖然警方立刻調派人手，但是，始終掌握不到確切的線索。

怪少女

接下來平靜的過了十天。

「灰色巨人」的手下搭著快艇脫逃，行蹤不明。「灰色巨人」這個

幕後主腦，真實身份到底是什麼？現在到底身在何方？眾人根本一無所知。

有一天晚上，在銀座著名珠寶商的大賞堂中，發生了奇怪的事情。

晚上七點，銀座大街霓虹燈閃爍，人潮川流不息。大賞堂店內，也有很多的客人，店員們正忙碌的招呼著。

這時，一名身著華麗洋裝的美麗年輕女子走了進來，而且有個可愛的少女跟在她的身後。看起來不像母女，反而像是姊妹。

女人站在店內的玻璃櫃前，請店員把珍珠項鍊拿給她看。

店員看到女人雍容華貴的模樣，立刻將她奉為上賓，很有禮貌的接待，並且將價格最昂貴的珍珠項鍊盒放在玻璃櫃上。

女人逐一看著這些裝著珍珠項鍊的盒子。就在這時，店外傳來「哇」的叫聲，外面突然變得非常吵鬧。大賞堂的櫥窗玻璃前，頓時出現黑壓壓的人群。

店員跑出去一看，原來是有位青年倒臥在地上，眾人圍繞在他的周圍。

「怎麼回事？振作點。」

一名紳士扶起倒下的青年，在他耳邊大叫著。青年突然睜開眼睛，左右張望，彷彿覺得很難為情似的說道：

「啊！好像被人撞了一下。因為突然暈眩，所以才會倒下。我已經沒事了，對不起。」

說著，搖搖晃晃的站了起來，撥開周圍的人群而離去。

大賞堂的顧客和店員們，全都因為這場突如其來的騷動而聚集到門口。等到青年離去之後，才又走回店裡。

先前年輕的女子也回到裡面，繼續看著項鍊。不一會兒，似乎沒有看到喜歡的，於是說自己還會再來而準備離開。

就在店員將首飾一一放回盒子裡時，突然吃驚的大叫著。

「啊！喂喂，請妳等一下！」

叫住正打算走出店門口的女子。

「我嗎？叫我有什麼事啊？」

女子訝異的走回店裡。

「啊嘿嘿嘿……對不起，這個盒子裡的項鍊不見了，不知道是不是弄錯了……」

店員尷尬的笑著，難以啟齒的說道。

「咦！你是說我拿走了嗎？少胡說八道。你說我是扒手嗎？我可以讓你搜身呀！我們到裡面去，請女店員來搜身好了。」

女子氣沖沖的說著。店員則臉色蒼白，口中還不時嘟囔著。

這時，其他店員也來到這名店員的身邊，對他耳語著。

「啊！對了，小姐，那個女孩不見了。對不起，客人，妳帶來的孩子不在，她現在在哪裡？」

女人聽店員這麼問，驚訝的說道：

「咦！小姐？我沒有帶什麼女孩到這裡來啊？我是自己一個人來的。」

「可是，先前一直待在妳身邊的那個可愛的小姐，她是……」

「噢，好像是有這樣的女孩，但是她不是我帶來的啊！我根本不認識她。」

聽她這麼說，店員們又是一陣騷動。兩、三名店員慌慌張張的跑出門外，可是少女已經消失無蹤。

「畜牲！長得這麼可愛，沒想到竟然是個小扒手。假裝是顧客帶來的孩子，結果卻偷走珠寶。……啊嘿嘿嘿，對不起，是我們弄錯了，真是對不起！」

店員不斷的鞠躬道歉。

「是嗎？沒關係，弄清楚就好了。這是我的名片，有事隨時可以來

找我。」

女人說完，將名片遞給店員之後，就這樣離開了。

店員們圍著已經空無一物的首飾盒，吵吵嚷嚷的說道：

「咦！盒子裡有奇怪的紙條耶。啊！上面好像有字。」

「是少女扒手留下的信嗎？」

大家立刻攤開來看，信裡寫著可怕的內容。

> 拿走這條項鍊其實不是我的目的，我真正想要的是你們店裡所有的寶石。不用一個禮拜，我就會把店裡全部的東西拿走。你們還是小心門戶吧！我可是無所不能的魔術師。
>
> 灰色巨人

沒想到奇怪的少女竟然是灰色巨人的手下。看來在門外引起騷動的青年，應該也是他的手下之一。因為被這場騷動所騙而跑到門外，少女才會趁機偷走項鍊，留下紙條逃走。

啊！到底灰色巨人是何方神聖呢？接下來又會發生什麼可怕的事情呢？

明智偵探與小林少年

珠寶商大賞堂的老闆，在看過灰色巨人的信之後，嚇得發抖。雖然立刻通知警察，但還是不放心。他突然想到名偵探明智小五郎。明智偵探前陣子曾經受託到銀座其他店解決東西被盜的事情。當時這位老闆就已經耳聞明智偵探高明的手法，所以對他十分尊敬。

於是老闆親自打電話到明智偵探的事務所。

「我是銀座大賞堂的老闆。事實上，震驚社會的灰色巨人打算偷我

店裡的珠寶，希望先生能夠鼎力相助……」

這時，電話的另一端傳來沈穩的聲音。

「噢！那真令人擔心。我對於灰色巨人這個竊賊也很感興趣，我想知道詳情。」

「那麼，我過去拜訪你好嗎？」

「不，與其如此，還不如我到你的店裡走一趟。想要擒賊，必須先觀察現場。」

明智請老闆在店中等待，立刻就掛上了電話。三十分鐘之後，明智偵探帶著助手小林少年來到大賞堂。

老闆立刻帶他們到接待室，端出茶和點心招待，並且開始詳細說明今晚發生的事情。

「我們已經通知警方，三名便衣刑警正在店裡監視，但我還是不能安心。灰色巨人聲稱自己是魔術師，不知道他會採取什麼樣的手法。所以和經理商量之後，想到了一個辦法。你聽聽看是否可行？」

說到這裡，老闆突然停了下來，看了看明智偵探。明智示意他繼續說下去。

「店裡超過十萬圓（相當於現在的一百萬日幣）的珠寶有一百件以上。另外，還有價值超過五千萬圓（相當於現在的五億日幣）的珠寶。我們想將這些昂貴的首飾全部拿出來放在一起，藏到其他地方去。接著在珠寶盒裡放入贋品。像鑽石用玻璃，而珍珠則用便宜的人造珍珠代替，故意讓對方偷走假貨。十萬圓以下的珠寶就不必管，反正也不重要，只要保護好昂貴的首飾就好了。你覺得我們的計策可行嗎？」

「那麼，你打算藏在哪裡呢？」

「關於藏匿的地點，我有個想法。在亞藍．波的小說『被偷走的信』中所使用的手法是，將貴重的物品當成看起來毫不起眼的東西，隨意擺在不重要的地方，這才是最安全的做法。因此，我想把價值十萬圓以上

的寶石從珠寶盒裡取出來，全部整理成用雙手可以拿的大小，再用舊報紙包起來，丟在雜物櫃裡。雜物櫃裡有破椅子、破箱子和舊報紙之類的廢物，一點都不顯眼。相信不會有人想到裡面竟然藏有價值五千萬圓的寶石吧！」

聽到這裡，明智莞爾一笑。

「你的想法很有趣，原來是來自亞藍·波的小說啊！我很喜歡這個主意，你就試試看好了。不過，只能讓你和經理兩個人知道，絕對不能讓其他店員知道噢！」

明智說著站了起來，躡手躡腳的走到入口門邊。佇足了一會兒，終於悄悄的打開門，看看外面的走廊，然後又立刻關上門，回到原先的座位，低聲說道：

「先前端茶來的傭人，那個孩子是什麼時候來的？」

他詢問老闆。

「啊！他是最近來的。因為是很可靠的人介紹的，所以不用擔心。你覺得那孩子他……」

「不，沒什麼、沒什麼。」

明智連忙說道，並將臉移近老闆的耳邊，附耳對他說著。

「噢！那麼這件事……」

「沒錯，就按照我所說的去做吧！事情一定會很順利的。當然我和小林也會嚴密監視這間店。」

說完之後，就將年長的經理請進來，彼此商量了一會兒。後來明智偵探和小林少年就搭乘在店外等候的汽車回去了。

第二天晚上，郵差將灰色巨人寫的信送到大賞堂來。信上的內容是這樣的。

三月七日晚上，我一定會來拿走珠寶。你們準備好等我來拿吧！

灰色巨人

看到這封信之後，老闆嚇得臉色發白，不知所措。三月七日晚上，也就是明天晚上。於是他立刻打電話通知警方及明智偵探事務所。從這天晚上開始，就進行嚴密的戒備。

灰色巨人在防範如此森嚴的監視下，到底會採取什麼手段呢？大賞堂老闆的智慧，是否能夠騙過灰色巨人呢？

侏儒

在竊賊預告的三月七日的晚上，大賞堂的老闆和經理等到所有的店員都入睡之後，悄悄的起身，按照與明智偵探商量好的計畫，做好萬全的準備。也就是，將價值不菲的珠寶用舊報紙包住，丟進雜物櫃裡。而店裡的大金庫中，許多華麗的袋子裡所放置的則全是贗品。

終於到了三月七日的夜晚。

這天晚上，警政署派來三名刑警，其中一人假扮成店員，站在店裡的玻璃櫃前。另外兩人，則假扮夜晚在銀座散步的路人，來回穿梭於大賞堂的櫥窗前。

明智偵探應該是在某個地方監視吧！到底他打算採取什麼樣的對策，大賞堂的老闆和經理都不知道。

這天晚上，無論是再怎麼重要的客人，都不讓他們看金庫裡昂貴的寶石。經理吩咐店員們這麼做，全部的店員當然都知道灰色巨人的預告信，所以不敢抗命。

除了經理之外，店裡還有七名店員（其中一名是由刑警假扮的）。

夜深之後，大家都擔心怪盜的到來，心裡忐忑不安。即使只是普通客人進來，都會讓眾人虛驚一場，緊盯著客人瞧。

結果遲遲沒有發生什麼事。直到十點打烊之前，還是非常平靜。也許怪盜在人來人往的營業時間裡無計可施吧！

因此，真正危險的時候，應該是在打烊之後。於是店員們在經理的吩咐下，這天晚上全都熬夜守在金庫前。真正昂貴的寶石，已經用舊報紙包住，丟在雜物櫃裡。然而店員們卻毫不知情，全都如臨大敵般的守著金庫。

大門已經上了鎖，陳列台上蓋著白布，一半的電燈都已經關上。店員們不是在店裡來回走著，就是坐在金庫前的椅子上，或者是小聲的交談著。

就在一名店員在陳列台之間踱步時，突然發現迎面蓋著玻璃櫃的布在晃動。既然沒有風，布就應該不會晃動。

「咦！奇怪，難道有狗跑進店裡來了嗎？」

店員心生疑惑，於是停下腳步，盯著那個方向直瞧。但不是貓，也不是狗，而是更奇怪的東西。

「誰躲在那裡？」

店員大聲斥喝，立刻跑了過去。不料，那個東西一下子就不見了蹤影，彷彿老鼠般動作迅速。

不過，不像老鼠那麼小，也不像人那麼大。

「咦！有東西在那裡。喂！你是誰家的孩子啊？」

另外一個店員也發現了，不禁大叫。在陳列台之間來回穿梭，身手敏捷，似乎是個十歲左右的孩子。

「啊！跑到那裡去了。喂！快去抓呀！」

聽到有人大叫，有個店員趕緊蹲在陳列台的暗處待命。

大的白布不斷的晃動著，有東西朝這兒接近了。不是小孩，也不是

野獸，店員嚇得背脊發涼，覺得對方好像是難以言喻的怪物似的。

「咯、咯、咯……」

白布後面傳來令人不寒而慄的笑聲。

「喂！誰在那裡啊？」

店員用顫抖的聲音叫著，真想拔腿就跑。

這時，咯、咯、咯的笑聲變得更為高亢，白布後面露出一張大人的臉。對方的臉正牽動著鮮紅的嘴唇，不停的笑著，好像只有頸部飄浮在空中一樣。眼前確實是一張大人的臉。然而，這張臉卻靠在陳列台後方較低的地方，下方看起來沒有身體，不，應該說雖然有小小的身體，但卻和臉大小的比例完全不協調，似乎是個比十歲的身體更嬌小的孩子的身體。七、八歲孩子的身軀，竟然有一張約三十歲的大人臉，而那一張臉正在那兒咯咯的笑著。

「咯、咯、咯……喂！你們不知道我一直躲在店裡面嗎？你們都沒有發現呀！咯、咯、咯……」

這個怪人突然出現在店員面前，用孩童般高亢的聲音嘲笑眾人。

原來是個侏儒。穿著紅色的毛衣和四十公分長的短褲，是個不折不扣的侏儒。

店員們看到侏儒出現，全都錯愕得說不出話來。然而，假扮成店員的刑警非常勇敢，走近對方的身邊，大叫著：

「你是從馬戲團裡逃出來的嗎？為什麼要躲在這間店裡呢？」

侏儒毫無懼色，又咯咯的笑了起來。

「你想知道原因吧？」

「大膽的傢伙，快說出理由來！」

「為什麼你們在打烊後還留在店裡呢？」

「這跟你有什麼關係？」

「咯、咯、咯……我躲在這裡，當然我知道呀！你們害怕灰色巨人，

怕他現在就出現。你們一定很緊張吧？」
「嗯！你是灰色巨人的同夥嗎？」
「才不是呢！」
侏儒雙手插腰，臉往上抬，露出不屑的神情。
刑警按捺不住，面露嚴肅的表情，撲過來抓他。可是短腿的侏儒，動作卻非常靈活，一溜煙的從刑警手下跑開，逃到陳列台之間的狹窄縫隙中。
因為對手是侏儒，所以追捕不易。大人的身體無法通過的地方，他都能夠通過。因此，一直抓不到他，彼此好像在玩捉迷藏遊戲似的。就在這時，突然電燈全都熄滅，原來是侏儒在逃走時，順手關掉電源。
「快點打開開關……」
不用刑警吩咐，一名店員早就找到開關，重新打開電源，可是侏儒已經消失無蹤。

「奇怪，不見了！」

再怎麼努力尋找，就是沒有發現對方。大門緊閉，不可能從那裡逃走，而通往後面的走道，有兩、三名店員在那裡站崗，也不可能由那裡脫逃。

仔細搜查整間店，就是沒有發現侏儒，他就像煙霧一般的消失了。

追捕巨人

因為這場騷動，所以老闆、經理和其他人全都集中到店裡。

危險，危險！這好像是怪盜慣用的手法。不知道從哪裡冒出來的侏儒，在店中惡作劇。而當大家的注意力都被他吸引時，怪盜就會趁機做案。

這時，大賞堂後面通往雜物櫃的木板門悄悄的被打開了，一名年輕

女子從裡面走了出來。大家全都聚集在店裡，四周沒有任何人。這名女子，就是兩、三天前，當明智小五郎來到這裡和老闆談話時，站在門外偷聽的傭人。

從放置著雜物櫃的房間走出來的傭人，把用舊報紙包住的東西藏在罩衫下，躡手躡腳的走向後門，穿上鞋子，直接走向小巷子裡。藏在罩衫下的舊報紙裡，包著的當然就是許多貴重的寶石飾品。

當傭人走向小巷子裡時，有一輛空的計程車緩緩開過來。她趕緊攔下計程車，朝左右張望一下，就立刻跳上車。

三十分鐘後，載著傭人的計程車駛過白鬚橋，停在漆黑的隅田公園內。傭人在那裡下車，走入幽深的樹林中。

就在傭人下車後不久，計程車裡發生奇怪的事情。計程車後方的行李廂蓋慢慢的被打開了，一名少年從裡面跳了出來。少年跑到駕駛的身邊，對他說了幾句話，接著就直接去追趕傭人。

灰色巨人

這個少年就是明智偵探的名助手小林。小林少年按照明智老師的吩咐，請熟識的計程車駕駛讓他躲在後行李廂裡。於是計程車靜靜的穿梭在大賞堂的後巷中，等待傭人叫車。

明智偵探早就視破傭人會偷走雜物櫃裡用報紙包住的寶石，所以指示小林跟蹤，藉此找出灰色巨人的巢穴。

傭人很快的走進黑暗的樹林中，小林則在不被對方發現的情況下，尾隨在後。

約莫走了一百公尺遠，傭人停下腳步，好像在等人似的，在暗處佇立不動。

就在這時，樹枝的摩擦聲作響，有東西從樹叢中出現了。因為遠處的街燈昏暗，所以看不清楚對方的模樣。不過，看起來是個體型比別人大上一倍的高大男子。身穿薄外套，頭戴軟帽。

傭人將包著寶石的報紙包交給這名壯碩的男子，然後循著原路走

回。小林擔心被發現，於是立刻躲到旁邊的樹後面。思索了一會兒，他決定不理會傭人，繼續跟蹤眼前這個可疑的男子。

男子朝著另一個方向邁開大步離去，小林則與他保持十公尺的距離，無聲無息的跟著。

在不遠處有街燈矗立，當男子通過街燈下時，小林清楚的看到他的身影。不禁大吃一驚，差點停止呼吸。

男子身上穿的衣物、戴的軟帽，以及外套、鞋子、褲子等，全都是灰色的。當他朝側面一轉時，小林赫然發現他竟然連臉都是灰色的。

這個巨大的傢伙，比常人更加魁梧一倍。不只是高，還比一般人更壯、更胖。

「灰色巨人！這傢伙一定就是灰色巨人首領。」

小林直覺的認定，背脊頓時一陣冰涼。不久之後，又發生了出人意料之外的事情。

灰色巨人

高大男子突然停下腳步，佇足在原地。不光是如此，他甚至還開口說話。

「喂！你也要停下來嗎？為什麼來這裡？我正在等你呢！」

男子沒有回頭，用與他壯碩的身材十分搭調的粗大聲音說道。

「你」指的是誰呢？附近應該沒有其他人，只有躲在暗處的小林少年。難道男子知道小林在跟蹤他嗎？

小林雖然嚇了一跳，但還是待在黑暗中。面對這種高大的怪物，他真想加快腳步逃走。也許很快的就會被追上，可是事已至此，也只好硬著頭皮繼續暗中觀察。

小林下腹部一緊，把心一橫，從樹的後面現身，走近高大男子。

「哈哈哈……你終於出現啦！你就是明智小五郎的助手小林吧？你是不是躲在計程車的行李廂中呢？我大概可以猜到是怎麼回事。你想搶回報紙裡的珠寶嗎？但是，你根本鬥不過我，少痴心妄想了。哈哈哈……，你是個可愛的孩子，過來這裡，我會好好疼愛你的。」

男子突然伸出大手，揪住小林的衣領。小林彷彿被拎起來的貓一般，腳懸空被帶走了。遇到這樣的巨人，他根本無計可施。

高大男子就這樣的抓住小林，朝著隅田川的方向前進。那裡似乎已經有船備妥待命。行經的石頭坡道不斷的往下延伸，甚至與河川的水面高度相同。

水面上停著一艘快艇，男子仍然抓著小林，跳上快艇。

「嗯！我們就在這兒分手吧！寶石你是要不回去的，而且不能讓你再跟蹤我。這次是我贏了。」

高大男子說著從快艇中伸出手，將小林的身體輕輕的拋在岸邊的石頭上。然後用置於快艇中的手杖，推向石塊，使快艇離開岸邊。

小林非常沮喪，如果就這麼認輸，豈不是太對不起器重他的明智老師。於是小林對著高大男子大叫：

「喂！大個兒，你應該有帶手電筒吧！打開手電筒，好好檢查一下報紙裡面的寶石，你會發現那些寶石全都是假的。」

聽他這麼說，男子嚇了一跳，回頭看著小林。按照他所說的，打開手電筒，檢查寶石。不一會兒，聽到他罵了一聲「畜牲」。

「真是抱歉，你中了明智老師的計了。老師知道傭人站在那兒偷聽，所以要大賞堂的老闆用相反的計謀，讓你們誤以為金庫中的寶石全都是贗品。事實上，根本就沒有調換。報紙裡的全是贗品，真正的寶石還擺在金庫裡呢！哈哈哈……怎麼樣，你還認為自己勝利了嗎？」

小林得意洋洋的大笑著。

不過，這場鬥智還是讓自己跟蹤的巨人逃走了，所以，應該是平分秋色。

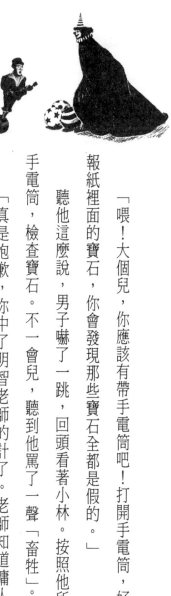

「畜牲，你給我記住，我一定會報仇的！」

高大男子憤怒的聲音夾雜著引擎聲傳來。很快的，快艇就消失在黑暗的隅田川中。

出現在大賞堂店裡的侏儒，到底是何方神聖？他到底又是從什麼地方逃走的呢？

另外，搭乘快艇逃逸的高大男子，真的就是灰色巨人嗎？謎底即將揭曉。

少年偵探團

就在發生大賞堂事件的一週後，有一天，中學一年級的學生園井正一來到明智偵探事務所，找助手小林少年。

園井是以小林為團長的少年偵探團的團員之一。小林把他帶到偵探事務所中自己的房間裡。

小林的房間是三個榻榻米大的西式小房間，陳設一張大桌子、書架

及三張椅子。兩人坐在椅子上聊天。

「你的臉色怎麼那麼差，到底發生什麼事？」

當小林詢問時，園井回答道：

「嗯！我很擔心一件事，所以來找團長商量。」

接著開始敘述事情的始末。

「我的爸爸打算在今天晚上讓十個好朋友看『彩虹皇冠』。從戰時到現在，它一直都擺在鄉下，這次重新帶回家中。今天正好是爸爸的生日，來了十位客人。他們都是爸爸的好朋友，所以，爸爸想讓他們目睹皇冠的風采。」

「『彩虹皇冠』是什麼東西啊？」

面對小林的疑惑，園井眼中閃耀光輝。

「是很棒的寶物噢！在距今一百幾十年前，歐洲某國的女王所戴的皇冠，是爺爺從法國的美術商那裡買來的，也是我們家的傳家之寶。皇冠上面鑲了很多鑽石、紅寶石、藍寶石，像彩虹般光彩奪目，所以才會被稱為『彩虹皇冠』。」

園井家在戰前是望族，因此，擁有這樣珍貴的寶物。

「你應該知道我為什麼擔心了吧！就是因為灰色巨人。那傢伙想盜取寶石，萬一他今晚潛入，後果就不堪設想。」

「哦！除了來訪的客人之外，還有誰知道今晚可以在你家看到皇冠呢？」

「應該是沒有其他人知道。但是灰色巨人好像是個萬能的魔術師，我想他可能會來。不，早在昨天傍晚我就看到可怕的東西。」

「咦！可怕的東西？」

園井好像很害怕似的看看周圍。

「真的好可怕噢！火紅的太陽掛在上坡的天空，我從坡下往上爬，就在坡的頂端的火紅太陽前，看到一個可怕的高大傢伙和好像嬰兒般的

小矮人站在那裡。一個看起來很像西鄉先生的銅像，另一個則非常矮小，只有臉很大，身體好像嬰兒般……。你知道嗎？那個巨大的傢伙可能就是你在隅田川遇到的灰色巨人，而那矮小傢伙，就是那個侏儒。他們兩人手牽著手，好像黑影一樣站在坡頂。我嚇了一跳，趕緊朝反方向逃走。」

「那個坡在哪裡？」

「就在我家旁邊。你看，就是基督教會的那個坡呀！」

「原來是那裡。也許那傢伙真的打算偷你家的寶物噢？」

「所以，我才很擔心啊！我請爸爸今晚不要把皇冠拿出來，但是他不答應。他說邀請函已經寄出去了，今天一定要拿給大家看，不能夠食言的。」

「那可就危險了。巨人的手下可能會假扮成十個客人中的一人混進來呢！」

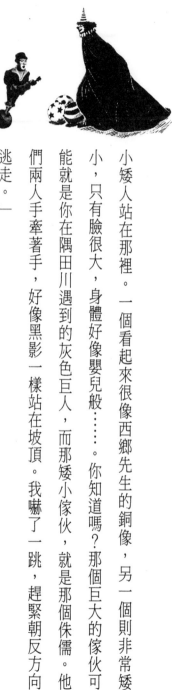

「我也對爸爸這麼說，可是他說客人全都是熟人，不用擔心會受騙，一定沒問題。爸爸一點都不害怕，還罵我是個膽小鬼。」

「我現在知道你為什麼來找我商量了。我們就聚集少年偵探團來監視你們家。」

「嗯！太好了。也許我真的很膽小，可是我實在很擔心。」

「好，那麼我就先通知比較強壯的六、七名團員吧！」

小林來到客廳，將正為其他事件而和客人談話的明智偵探請到一旁，告訴他這件事。明智說道：

「有你跟著應該沒問題，可別讓其他團員受傷噢！如果有什麼意外，立刻打電話給我。」

答應小林去召集團員。

利用電話聯絡，召集了六名團員。加上小林團長和園井，總共八名少年偵探團的團員開始在園井周圍家展開巡視。

彩虹皇冠

這天晚上，就在被招待到園井家的客人享用完大餐之後，眾人聚集在客廳，準備一睹皇冠的風采。

許多客人都是夫妻同來。男子六人、女子四人，全都盛裝打扮。再加上園井的父母，總計十二人，圍坐在大圓桌前。

在主人園井先生的面前，擺著一個美麗的銀色盒子。園井先生的手正放在盒蓋上。

「這就是『彩虹皇冠』。皇冠就在這個盒子裡，請大家睜大眼睛仔細看。」

打開盒蓋一看，紅絲絨的布座上，放置著一頂金光閃閃的皇冠。

皇冠上鑲著許多寶石，在燈光的照耀下，紅的、藍的、紫的，閃爍著耀眼的光芒。

看到如此美麗的皇冠，賓客紛紛發出讚嘆之聲。

「接下來，請大家傳著看。光是數上面的寶石，就足以讓人目不暇給。」

「哇！實在太美了，簡直就像彩虹一樣，色彩繽紛燦爛。」

坐在園井旁邊的美麗女子，羨慕得喃喃自語的說著。

於是，放置著皇冠的盒子就在桌上，依序傳遞下去。傳到第五個人時，電燈突然啪的熄滅，客廳陷入一片漆黑。

是停電嗎？不，並非如此，而是好像有人關掉開關。園井先生嚇了一跳，立刻跑向電燈的開關處。

「哇……」

一名女客人大叫一聲。

「怎麼回事？是誰在叫？」

聽到男子的詢問聲。

「有小孩、有小孩，他抓我的手……」

「小孩？這裡不可能有小孩啊！在哪裡、在哪裡？」

黑暗中，眾人都從椅子上站了起來，四處尋找，甚至有人不小心撞到了東西。

「啊！有，有小孩，是小孩耶！」

又有人大叫著。

「大家安靜。皇冠沒問題吧？誰拿著皇冠？」

沒有人回答，每個人都站了起來，根本不知道裝著皇冠的盒子到哪兒去了。

這時，園井先生終於找到開關，啪的打開電燈，室內立刻又燈火通明。

大家眼睛盯著桌上瞧，放置皇冠的盒子早就不翼而飛。兩、三個人找遍桌椅底下，但是，什麼都沒有發現。

「彩虹皇冠」奇蹟似的消失了。

「先前有人說有小孩，真的有小孩嗎？」

園井先生看著眾人，詢問道。

「真的有，身高大概只到我的腰際，是個很矮的孩子。」

「我也被那個孩子撞到了。到底發生什麼事，他怎麼不見了呢？」

聽到有人這麼說，一群人頓時覺得毛骨悚然，不禁環顧四周。

園井先生覺得很不可思議的說道：

「不應該有這樣的小孩。我的獨生子正一就讀中學，而且家裡沒有其他孩子，就算有，也不可能進入這個客廳裡。為了安全起見，在看皇冠之前，門早已經上鎖，窗子也緊閉，根本沒有任何地方可以出入。」

「真的嗎？那麼皇冠到哪兒去了？沒有人拿走皇冠呀！」

園井先生和男賓客開始搜查整個客廳，門窗緊閉，天花板、牆壁、

地板及任何可疑之處全都找遍了。

實在太不可思議了！美麗的皇冠和銀色的盒子竟然都不翼而飛。

眾人都覺得很納悶，只能站在原地面面相覷。

怪物的行蹤

就在這時，於園井先生偌大住宅的圍牆外，又發生了可怕的事情。

以小林團長為首的八名少年偵探團團員，每四人為一組，共分兩組，在園井家的牆外巡邏。

已經晚上八點了，沒有星星，天空一片漆黑。這裡是十分寂靜的住宅區，兩旁是連綿不絕的高牆，毫無人煙。巷子裡點點的街燈微弱的照耀著。

小林帶頭，後面跟著園井少年和另外兩個人。他們也是中學一年級

灰色巨人

的學生。

「啊！等等，有東西！你看那個。」

小林用手指著迎面的水泥牆上，那裡正是園井家的圍牆。從圍牆內延伸到外面大樹的樹枝，突然開始晃動著。

不是被風吹動，而是好像有東西停在樹枝上。藉著遠處街燈的光芒，依稀可以看到有東西在那裡移動。

彷彿猴子般的動物，不，不是猴子，是小孩。在這樣的深夜，怎麼會有小孩在爬樹呢？

大樹枝彈跳了起來，小孩跳了下來。不，雖說是小孩，但是頭相當的大，就好像大頭的福助（頭大而身材矮小的人偶，據說能帶來幸福）似的，他的脖子上還掛著黑色四方形的包袱。這小傢伙一溜煙就朝另一個方向跑去。

「啊！侏儒。」

小林團長和園井立刻察覺到了。

脖子上掛著的黑色包袱，裡面裝的到底是什麼東西呢？難道是「彩虹皇冠」嗎？難道皇冠已經落入侏儒的手中？

「喂！我們趕快跟上去，千萬別被他發現了。」

小林團長下達命令。

在暗夜的追緝行動中，逃走的是矮小的侏儒。雖然個頭小，但是身手矯健，短腿就好像機械般的快速移動。

偵探團的少年們，個個身材高大，腿長足足為侏儒的兩倍，但是卻遲遲追不上他。四名少年喘著氣，奮力狂奔。

也許是擔心被行經的大人抓住，侏儒避開熱鬧的大街，專挑寂靜的小巷子跑。不過，一路上都沒看到什麼人。

前面是一片漆黑的神社大森林。侏儒逃到裡面去了。

這下可糟了！神社空間非常廣大，四周又有大樹，任何地方都可以

躲藏。

少年們在廣大的神社境內仔細找尋，但是，一直沒有發現侏儒的行蹤。那傢伙擅長爬樹，難道是爬到某棵樹上躲起來了嗎？然而要逐一爬幾十棵樹去找，根本就不可能。最後他們只好放棄。

「也許他已經穿過這裡，逃到神社後面去了，我們還是去那裡找找看吧！」

小林團長說著，率先朝小徑跑去。

神社後面是一片廣大的原野，迎面有一個大帳篷，那是馬戲團搭建的帳篷。

四人跑了過去，發現帳篷正面有明亮的燈光，有兩頭大象及許多匹馬被栓在那裡。

入口的舞台上，則有穿著紅色條紋衣服的人在看守。

「叔叔，你有沒有看到一個侏儒跑到這裡來？」

小林詢問道。

「什麼?侏儒?」

穿紅衣服的男子吃了一驚，看著少年們。

「就是小矮人啊!頭很大，身體卻像小孩的小矮人。你有看到他從神社那裡跑過來嗎?」

「這附近沒有這樣的人啊!沒看到耶!今天晚上的表演快要結束了，所以沒有客人在這裡。我應該不會看錯，這裡沒有那樣的人。」

這名男子坐在高台上，如果有侏儒通過，他應該會看到。既然如此，就表示侏儒一定還躲在神社裡。

現在該怎麼辦呢?就在徬徨無助時，馬戲團的表演也剛好結束，觀眾正從裡面陸陸續續的走了出來。

四名少年站在一旁，看著許多人通過。他們心想，也許侏儒就混在人群裡吧!因此，眼睛緊盯著離去的觀眾瞧。只是雖然看到小孩，卻沒

有發現侏儒。

園井並沒有放棄，他走到入口附近，在觀眾全都離開後，開始查看帳篷裡的情況。這時，台上的男子大聲叫著：

「喂！你在偷看什麼，觀眾全都出去了，並沒有你說的什麼侏儒在裡面。快回去、快回去！」

於是四個人只好無奈的離開帳篷，回到神社再度找尋。最後還是沒有發現侏儒的蹤影。

「啊，糟了！」

小林團長突然驚訝的叫道。

「怎麼回事，團長？」

一名少年回頭問他。

「我差點忘了，馬戲團裡不是經常有侏儒打扮成小丑嗎？那個馬戲團應該也有侏儒，所以，我們要追趕的那個傢伙，可能就是馬戲團的成員之一。」

小林說著，開始陷入沈思。

侏儒真的躲在馬戲團當中嗎？如果真是如此，那麼，怪盜「灰色巨人」和馬戲團有什麼關係呢？

馬戲團的小丑

第二天下午，小林團長召集其他少年及所有團員，總計二十名少年偵探團團員，前去觀賞馬戲團表演。

二十人四十隻眼睛監視著周遭的一切，一旦發現可疑的狀況，就立刻打電話通知明智老師，請求支援。

馬戲團的大帳篷中，繼兩頭大象的表演結束之後，接著就是「騎馬的十位女王」登場。串場的則是，出現在場內中央廣大沙場上的奇怪巨

人小丑。

沙場四周高朋滿座，而在觀眾席當中，身穿中學制服、戴著帽子的二十名少年，坐成兩排正在觀賞著表演。彷彿是棒球的啦啦隊似的，當然他們全都是少年偵探團的團員。

中央沙場的舞台，有一個十分高大的人在那兒漫步，體型較一般大人魁梧三倍。

巨人穿著沒有袖子、好像吊鐘形狀，長約四公尺的灰色斗篷。斗篷上露出的是一張成人的臉，但是身體卻如此巨大，相形之下，臉變得小多了。

這張臉用白粉塗成白色，臉頰畫上兩個紅圓圈，這就是小丑的臉。頭上則戴著紅白條紋相間的尖帽子。

斗篷的長達四公尺，而巨人高五公尺以上。世界上不可能有這麼高大的人。

「裡面一定有三個人。一個人站在另一個人的肩上，第三個人再爬到第二個人的肩上。然後再用斗篷罩著。」

一名少年偵探團的團員，不相信有這樣的人，於是對著身旁的少年耳語著。

「嗯！斗篷是灰色的。喂，灰色巨人，那傢伙……」

另一名少年好像開玩笑似的說道。那個壞蛋灰色巨人，不可能出現在這個地方，眼前這個巨人是小丑假扮的。不過，突然聽到「灰色巨人」這幾個字，還是讓大家嚇了一跳，不禁面面相覷。雖然認為這不可能是真的，但還是令人覺得渾身不對勁。

這時，觀眾席上傳來一陣大笑聲，接著是讓帳篷震動不已的掌聲。巨人掀開灰色的斗篷，轉了個身。先前的灰色巨人，果然是由三個人，也就是由大中小三個人扮成的小丑。

他們全都戴著尖帽子，臉塗成白色，臉頰畫上紅圓圈，穿的也是紅

白條紋相間的小丑服。三個人，面對觀眾席彎腰鞠躬。

右邊的小丑，是高約一公尺的侏儒，正中央的是，普通的大人，左邊則是較高大的男子。這名高大男子的身高，正好是侏儒和中間的小丑加起來的身高。

巨人是由三個人扮演，而其中的一人真的是巨人。大中小三個人，穿著相同的小丑服，站在台下鞠躬，形成非常有趣的畫面。

「喂！小林團長，真的有巨人耶！你在隅田川遇到的，是不是就是那個傢伙？」

一名少年，對小林團長低聲問道。

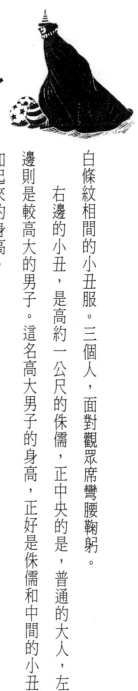

「我也不知道。小丑臉上塗著白粉，看不出來。等一下再偷看他卸裝之後的模樣，也許真的就是那傢伙呢！」

「難道他都沒有發現小林團長嗎？」

「可能已經發現。不過，沒關係，他不可能從馬戲團逃走。如果他想逃走，我立刻就可以確定是他了。」

「而且那個侏儒也在。巨人和侏儒在一起，真詭異，我覺得有點毛骨悚然耶！」

「嗯！可能真的是壞人假扮小丑，但是，現在還不能確定。我們再觀察一會兒，如果真的發生了可疑的事情，就趕緊打電話通知明智老師。」

這時，觀眾席上傳來「哇」的叫聲，同時又是一陣如雷的掌聲。

在沙場的舞台上，大中小三名小丑好像車子一樣，不停的翻著筋斗，做特技表演。而高大男子不愧是馬戲團團員，動作非常靈活。

表演結束後，三名小丑再次面對觀眾，深深的一鞠躬，接著就朝後台飛奔而去。

長靴女王

接下來，輪到「騎馬的十位女王」登場演出。

當樂隊開始演奏時，後台的布幕拉開，騎在馬上的十位女王陸續出現。一位、兩位、三位、四位……全都穿著相同的服裝。十位女王騎在馬上，在沙場的周圍不斷的兜圈。

眼前呈現一幅很美的光景。女王們，全都是由年輕貌美的女子所扮演。白色毛皮點綴的鮮紅呢絨（布底厚的毛織品）披風披在肩上，頭戴光芒閃爍的皇冠。金色的皇冠和紅色的披風相互輝映，美得令人心曠神怡，讚嘆不已。

女王們的披風下，穿著紅色呢絨搭配白色粗線條的長褲及黑長靴。長靴上則鑲著馬刺（騎馬時嵌在鞋跟上的器具）。

頭戴的皇冠各有不同，同時，全都鑲著寶石，十分耀眼奪目。雖然金色是鍍金屬，而寶石只是玻璃珠子，但是，在天花板垂掛的照明燈的照耀下，光彩絢麗。

十匹馬不時的發出嘶鳴聲，繞了馬場三圈。就在這時，樂隊的音樂突然改變，十位女王脫掉紅色的披風並丟在沙場上。身穿結著金色鼓花緞（金線製成的組合線，通常結於帽子或肩章上）的紅色上衣與長褲，開始進行馬的特技表演。

穿著鮮紅衣服的美麗女王們，在奔馳的馬背上，或左或右的移動。有時三匹馬會並排急馳，兩位女王站在兩匹馬之間，另一位女王則筆直的站在兩人肩上，張開雙手，在馬場上繞圈子。三頂皇冠形成三道閃耀的光輝，鑲在皇冠上的寶石看似七色彩虹。

「小林團長，好像真的是那個。」

園井低聲對身旁的小林耳語著。

「什麼呀？」

「你看，站在兩人肩上的女王的皇冠，和被偷走的『彩虹皇冠』一模一樣。我想，不可能有兩頂這麼像的皇冠。」

「咦！難道那就是『彩虹皇冠』嗎？」

「絕對沒錯。你看，那應該是真的金子和真正的寶石噢！和其他的皇冠相比，發出的光芒根本不同。」

「嗯！你說的對。園井，你說的應該沒錯。對了，皇冠的形狀完全一樣嗎？」

「是的，沒錯！我可以肯定，就是它。」

園井堅定的說道。

「好，那麼我立刻打電話通知老師，你暫時裝作不知道，也不要告訴其他團員。萬一引起騷動，被對方察覺，後果不堪設想。知道了嗎？我馬上就回來。」

小林說著，假裝要上廁所似的趕緊離席，走出帳篷，跑到附近的香煙攤打電話通知明智老師。

十位女王的表演持續了二十分鐘。結束各種馬術表演之後，她們就回到後台，接下來是空中馬戲團的節目登場。大帳篷的天花板上懸掛著幾座鞦韆，沙場上則架起了大的救生網。

當小林再度回到觀眾席時，場內正在進行空中馬戲團表演的準備。就在這時，明智偵探出現在篷帳的入口。

小林發現他，立刻跑了過去。明智偵探把小林叫到暗處。

「警察們已經包圍這個帳篷，警政署的中村警官也來了。戴著皇冠的女子在哪裡？」

明智輕聲問道。

「十位女王的表演才剛結束，現在應該在後台，可能還在換衣服吧！」

小林也放低音量。

「好，我和中村到裡面去查查看。你們悄悄的離開這裡，守在帳篷外。」

明智說完，就走了出去，對穿著西裝的中村警官招招手，兩人一起趕往後台。

空中的獵物

馬戲團的後台，就在大帳篷旁的小帳篷裡。幾十名表演人員都在裡面，非常吵雜。在後台的角落，先前表演「騎馬的十位女王」的年輕女子們，穿著鮮紅的衣服坐在一起。

她們脫下長靴，頭上還戴著皇冠。這時，已經脫掉了小丑服、身穿普通夾克的侏儒，走近其中一名女子身邊，附耳對她說了一些話。她正是戴著「彩虹皇冠」的那名女王。

戴著彩虹皇冠的女王，聽到侏儒的話之後，嚇了一跳，趕緊站了起來，看看四周。然後撥開人群，朝帳篷後方跑去。

從後面往外看，已經有兩名穿著制服的警察站在那裡。這名女子看到之後，大吃一驚，立刻又把頭縮回去。

接著，又朝反方向的大帳篷跑去。

就在，這時，明智偵探和中村警官來到後台。戴著彩虹皇冠的女王從兩人之間竄了過去，朝大帳篷飛奔而去。

「啊！就是那個女人。」

明智偵探立即追趕過去，中村警官也尾隨在後。

戴著彩虹皇冠的女王，跑進大帳篷之後，立刻抓住天花板垂掛下來的蠅子開始往上爬。戴著皇冠、穿著紅衣服的女王，爬上了天花板。

這時，場內開始一陣喧嘩。

「快抓住她，那傢伙是犯人！」

跑進沙場的中村警官，瞪著逃到天花板上的女王，大聲呵斥著。

接著，入口處有四、五名便衣刑警，如子彈般的衝了進來。一群人來到沙場時，其中一人抓住垂掛下來的繩子，企圖爬上去逮捕女王。

面對這突如其來的狀況，觀眾席上一片嘩然。大家全都好奇的跑到沙場圍觀。

爬到繩子上的女王，看到下面有警察爬了上來，於是加快攀爬的速度，很快的就來到天花板懸掛著鞦韆的地方。她立刻坐到鞦韆上，打算鬆開勾在棒上的鉤子，放掉原本攀爬的繩子。

啊，危險！萬一鉤子鬆開，那麼，還攀爬在繩子上的刑警將會摔得粉身碎骨。

刑警當然也察覺到這一點，他必須在繩子掉落之前爬到鞦韆上才行。因此，拚命的沿著繩子往上爬。

就在伸出右手要抓住鞦韆時——

「哇！」

觀眾發出驚叫聲。原來女王已經鬆開了鉤子，繩子掉落，使得抓著繩子的刑警從二十公尺的高處應聲掉落在地。

頓時場內如墓場般一片死寂，眾人全都屏氣凝神，盯著面露痛苦表情的刑警。

大家全都為筆直墜落的刑警捏了一把冷汗。萬一從這麼高的地方直接掉到地上，可能會危及生命。

所幸刑警的運氣很好，鞦韆正好就架在沙場的救生網上。他墜落到網子上，蜷曲著身體，彈跳了兩、三下，驚險的撿回一命。

中村警官從男性的表演者中，挑選一些熟悉空中馬戲表演的人，讓他們去抓女王。三名壯碩的男子穿著緊身衣，從三面抓著繩子，順暢的往天花板上爬去。

鞦韆上的女王看到這種情況，不禁慌了手腳。比自己更擅長空中表演的男子們，從三方包圍過來，眼看自己就要無路可逃了。

在情急之下，女王開始盪鞦韆。在大帳篷的天花板下，戴著皇冠、穿著金色鼓花緞紅衣服的女子，不斷的擺盪，宛如美麗的彩虹一般。

三名男子已經爬到天花板。天花板上有些可以掛鞦韆的木棒，他們從不同的方向朝女王的鞦韆逼近。

鞦韆在帳篷下的天花板上不停的來回擺盪著。當鞦韆往上盪時，女王幾乎是倒立的。可是不必擔心皇冠會掉落，因為皇冠用細繩被緊緊的繫在下巴上。

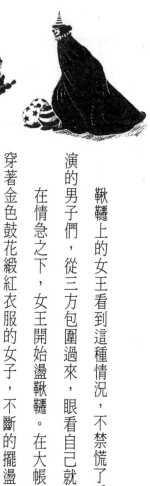

其中一名男子來到鞦韆旁，他橫躺在棒子上，伸出手企圖抓住女王鞦韆的繩子。

然而女王的動作靈敏，就在鞦韆盪到最高點時，突然鬆開手，咻地跳到天花板的樑上。當她站定時，立刻掀開帳篷的接合處，從那裡鑽了出去，逃到帳篷外。

也就是說，女王爬到馬戲團的屋頂上。

三名男子同樣的從帳篷的接合處陸續爬到屋頂上，立刻追上前去。

觀眾們已經看不到他們了，但是，帳篷布上映出四條黑影。黑影正在極高的屋頂上玩著驚險的追逐遊戲。

灰色巨象

在一陣騷動當中，帳篷外傳來哇的叫聲。

「是大象，大象逃走了！」

正在馬戲團後門監視的五名警察，氣急敗壞的跑了過來，其身後則跟著一頭大象。大象弄斷綁在腿上的鎖鏈逃走了。

馬戲團的人員發現之後，趕緊跑到帳篷外。負責訓練大象的男子不

知去向，眾人全都手足無措，只能夠嘈雜地遠遠包圍著大象。

這時，屋頂上戴著皇冠的少女，在三名男子的追趕之下，正好來到大象跑過來的上方的帳篷盡頭。這是帳篷的屋頂邊緣，已經無處可逃，眼看男性表演人員就要追上來了。

少女從帳篷的盡頭往下看，心想如果沒有人在那裡，她就要跳下來。沒想到下方竟然有許多人包圍著逃出來的大象，底下一片喧鬧。如果貿然的跳下去，可能會被抓住。

可是如果不跳，很快的就會被身後追趕而來的人抓住。少女在心中盤算了一會兒，突然有個可怕的想法。雖然危險，但是，除了這個方法之外，根本無計可施。

就在這時，大象走到少女的正下方。她看準大象的背部，縱身一躍。萬一沒有算好時機，可能會被大象踩死。不過，她的身手確實矯健，結果安穩的落在大象的背上，抱緊大象的脖子不放。

灰色巨人

原本悠閒踱步的大象，被從天而降的人抱住頸部，嚇了一跳。發出低鳴聲，伸直長鼻，開始奔馳。

在遠處包圍的人群，哇的大叫，四處奔竄落荒而逃。因為馴獸師不在場，所以沒有人可以制止大象這種瘋狂的行為。如果這時還站在牠的前面，很有可能會被踩死。

背著少女的大象，跑進八幡神社的森林當中。警察、馬戲團的人，以及從帳篷裡跑出來的將近一百名的觀眾，紛紛追趕在後。然而每個人只是哇哇大叫著，根本就沒有靠近大象的勇氣。

最勇敢的則是二十位少年偵探團的團員。他們在小林團長的指示之下分成兩隊，各有十名成員。一隊來到神社正面的兩個出口，等待大象出來。另一隊則從大象的後面越過眾人，上前追趕大象。

大象進入神社的森林時，少年們已經到達神社的入口。這時，令人震驚的事情發生了。

灰色巨人

大象突然回頭，舞動著長鼻，鼓動著大耳朵。白色的象牙倒立，露出血盆大口，發出可怕的吼叫聲，彷彿要飛撲過來似的。

少年們看到這幕駭人的景象，全都四處逃竄。跟在少年團員身後的人群，也驚聲尖叫的跑開。

看到眾人逃走，大象再度回頭，背著頭戴皇冠的少女，消失在神社的森林中。

因為極度危險，所以任何人都不敢貿然的闖入森林裡。只好遠遠的包圍入口，觀察情況。

十分鐘之後，在神社正面入口的一名少年偵探團團員，氣喘吁吁的跑了過來。看到小林團長之後，逕自跑到他的身邊說道：

「小林團長，大象從那邊跑出去了。不過，戴著皇冠的女人並沒有騎在大象的背上，可能是躲在森林的某個地方。我們還在附近搜查。」

說完又跑了回去。

小林將這件事告知在旁邊的警察們。一名警察立刻跑回去通知留在馬戲團裡的中村警官。中村警官立刻帶著三名刑警跑了過來，並且派五名警察守衛森林的入口，吩咐他們監視神社的三個出入口及四周圍牆外的動靜。中村警官和三名刑警則開始搜索神社的森林。小林和待在一旁的五名團員，就像警察一樣負責監視，而其他的四名團員則跟著警官進入森林中搜索。

正面的入口有石頭做成的牌坊，有一條長長的石頭路通往社殿。兩側地面也鋪滿了石頭。社殿前的石檯上趴著兩隻大的石獅子，後面當然是一棟建造在森林中的神社辦事處的建築物。中村警官去拜訪神社辦事處的神官（神道的僧侶），請他打開一年只開啟一次的社殿後門，進去搜索社殿、神社辦事處及大殿的地板下面。

除了中村警官和三名刑警、小林等五名少年之外，正面入口還有十名少年中的五人在監視著。

從中途開始搜查，包括少年團員在內總共十人，如此眾多的人數搜索一個多小時，卻還是沒有發現戴著皇冠的少女。

通往神社的三個出入口，由警察和少年團員負責監視，而圍繞神社的土牆外，則有警察和幾名少年在巡邏。因此，少女不可能伺機逃到神社外，應該還躲在裡面才對。然而任憑他們怎麼找，就是沒有發現她的蹤跡。難道這名少女會隱身術，憑空消失身影了嗎？

侏儒的行蹤

中村警官暫時放棄搜查，回到明智偵探待著的馬戲團中，少年偵探團團員也跟了過來。途中，園井正一對小林團長說：

「小林團長，那個女人到底躲到哪兒去了？難道她是魔術師嗎？」

「嗯！的確很奇怪。不過，我想她還躲在神社的某個地方。如果是

明智老師，就一定可以找到她的。」

「老師人在哪裡呢？」

「在馬戲團裡啊！」

「他為什麼不來神社呢？」

「可能犯人還在馬戲團裡吧！」

「咦！犯人？」

「就是那個侏儒和高大男子呀！真正的犯人可能是這兩個人，所以老師想要抓到他們。」

「噢！是嗎……。但是小林團長，大象是怎麼回事啊？我實在很擔心。街上的人可能會被大象的鼻子捲起來、被牠的象牙戳傷，或者是被象腿給踩扁呢！」

「現在應該已經引起騷動了吧！我聽中村警官說，警察局和消防署派很多人去追捕大象，準備在街上狩獵大象呢！」

「難道要用手槍射殺牠嗎？」

「不，不會殺牠，不打算殺牠，所以才會只出動幾輛消防車……小正，你覺得怎麼樣？大象是灰色的。灰色的巨象……灰色的巨人……灰色的巨象。其中似乎有什麼關聯耶？」

「是的，的確是灰色的巨象，難道真的有什麼理由嗎？」

「確實很可疑。這次的犯人好像魔術師一樣，但是，背後到底隱藏著什麼樣的詭計，這我就不知道了。」

兩人就在交談中不知不覺的已經回到了馬戲團。因為先前的騷動，表演因而中止，觀眾們全都回去了。大帳篷裡變得極為空曠，瀰漫著一股異常的寧靜。

中村警官在後台入口看到明智偵探，於是對他詳細說明神社發生的事情。說完之後，詢問道：

「侏儒和高大的男子在哪裡呢？」

明智皺著眉回答：

「下落不明。早就不知去向，就好像煙一樣消失無蹤。」

「咦！他們兩個人也不見了？戴著皇冠的少女也逃走，這到底是怎麼回事啊？」

「雖然還沒有搜查後台，不過，我認為他們可能已經混入觀眾群中脫逃了。當觀眾離開時，我一直在入口監視。如果高大的男子出來，無論他再怎麼掩飾，我應該都可以一眼識破，可是，在裡面並沒有看到這樣的人。」

「當然他也可以拉開帳篷，不必經過出入口就逃走。但是，帳篷周圍有刑警在巡邏，如果真是如此，應該也會發現他們。」

「嗯！我問過巡邏的刑警們，他們都說沒有看到，所以可能還沒逃走。我也調查過後台所有的人，可是沒有人知道。大象引起騷動時，有人從後台跑出去，但是，這當中並沒有出現高大的男子和侏儒。」

「如果有，我的部屬一定會發現。人群裡的確沒有看到這兩個人，絕對沒錯。」

「是嗎？那麼，他們可能還躲在帳篷的某個地方。同時戴著皇冠的少女，應該也還躲在神社當中。哦！實在太有趣了。罪犯的手法真的很高明，就像是魔術師一樣。關於這一點，我有個計策，應該可以找到他們三個人。」

明智信心十足的說著。高大男子、侏儒和少女，到底藏匿在何處？又是如何偽裝的呢？

此外，明智偵探打算如何找出他們來呢？

後來終於知道三個人躲在很奇怪的場所。他們一直在眾人面前，但是，隱藏的技巧卻極為高明，並沒有任何人發現。

謎底揭曉後，不只讀者吃驚，就連明智偵探都嘖嘖稱奇。當然中村警官及其部屬更是驚訝萬分。

這個祕密就當成大家繼續看下去的樂趣吧！在此之前，我們先來看看逃到街上的巨象是如何被擒住的。

街上的獵象行動

從八幡神社逃出來的大象，在黃昏的街上悠閒的走著。

透過電台廣播中得知大象逃走的事情之後，附近的街上頓時空無一人。原本熱鬧的街道，卻彷彿半夜似的極為安靜。

警察隊們亦步亦趨的跟在大象的身後，但是，沒有人敢靠近。

當大象來到電車站時，行駛中的車輛和路人，發現大象的蹤蹄後，全都驚慌失措的逃離。

這時，電車正迎面駛來。駕駛因為沒有聽廣播，所以，根本就不知道發生什麼事情。

看到大象突然映入眼簾，駕駛大吃一驚，立刻緊急踩煞車。然而大象比駕駛更害怕，就好像看到一棟大住宅朝自己衝過來似的受到驚嚇。原本還悠閒的走著，現在卻以驚人的速度狂奔。眼看情勢急迫而無法挽救，警察們也只好跟在大象的後面猛追。

鄰近的消防署，出動四輛消防車，不斷的用電話追蹤大象奔跑的路線。消防車已經在前方等待大象，紅色車身，出現在電車專用道的另一端。

大象沿路跑了三百公尺之後，轉進小巷。不過，消防車已經等在那裡了。兩輛消防車圍成一道牆，堵住大象的去路。剩下的兩輛則從大象的周圍逼近，彷彿要夾攻大象似的。

進入小巷之後，大象的情緒似乎平復了不少，奔跑的速度也減慢了。可是並不是悠閒的踱步，而依然還在跑步。

這時，就在大象前進的道路上，兩輛消防車橫陳，擋住牠的去路。

巷弄非常狹隘，當兩輛消防車橫陳時，已經沒有多餘的空隙了。即使是大象，也推不動消防車。眼看無法前進，大象只好停住，打算掉頭離去。

不料回頭一看，又有兩輛消防車橫陳，堵住去路，形成消防車牆。於是，大象再度掉頭，走了五公尺，遇到先前的消防車牆，只好又往回走。就這樣，大象在消防車之間來來回回的踱步。

就在不久之前，上野動物園的馴象師已經搭車趕來，正在消防車的後面待命。而先前不知上哪兒溜達的馬戲團的馴象師，聽到電台廣播後，也立刻趕到現場。

就在消防車前後夾攻來回踱步的大象時，兩名馴象師都已經趕到。結果大象就這樣的被馴象師馴服，餵牠水和食物，安撫牠的情緒。

之後，兩名馴象師盡量選擇僻靜的巷道，將大象牽回馬戲團。於是大象騷動事件才在沒有任何人受傷的情況下落幕。

雖然大象事件平息，但是，三個人卻失蹤了。

明智偵探認為高大男子和侏儒躲在馬戲團的帳篷中，而戴著皇冠的少女則躲在神社的森林當中，他們彷彿用神奇的魔術偽裝起來似的。那麼，他們到底是如何隱藏自己的呢？

明智對助手小林，下達了一項指示。

小林對於明智而言是助手，但是對於少年偵探團而言，卻是擁有指揮權的團長。

因此，他指揮二十名團員，代替明智先生找出三名歹徒。

怪球

小林團長將二十名團員每十人分成一組，共分成兩組。一組的十人負責監視八幡神社的森林。因為皇冠少女一定還躲在森林中的某處，不可能偷偷逃走。而剩下的十人則每五人分成一組。其中一組負責監視馬

戲團大帳篷前關著各種動物的牢籠中，關熊的鐵籠。籠子裡關著表演的大熊。為什麼要監視大熊呢？後來才知道理由。

小林團長和園井在最後的五人一組中。他們在大帳篷表演場通往後台的地方集合。

由小林帶頭，掀起帳篷，朝通往後台的通道前進。通道兩側擺滿著表演用的各種道具。

其中有五個表演用的土製大球，相當的沈重，而且塗上紅白相間的條紋。這是讓少女踩在上面、用腳滾動進行表演的球。

「咦，這個球好大呀！好像巨人的球。」

一名少年用手指著五個球當中的一個說著。球的直徑約八十公分，體積非常的龐大。

「這個球一定不是給女孩，而是給大人踩在上面的。也許是那個高大的小丑踩的球。」

灰色巨人

另外一名少年說道。大家的腦海中都是「灰色巨人」，所以經常會脫口說出「巨人」或「高大男子」。

小林團長將手指貼在嘴唇上，示意眾人安靜。接著慢慢的接近大球，用雙手滾動球，想要詳細檢查一下。

就在這時，突然發生怪異的事情。小林只是輕輕的推了一下球，但是球卻不停的向前滾動。彷彿活生生的生物體似的，逕自朝著反方向滾了過去。

少年們看到這樣詭異的情景，不禁嚇得停下了腳步。

這裡並不是下坡路，球不可能自己滾動，甚至滾動的速度超乎異常的加快。

原來是一個怪球。

少年們「哇」的大叫，害怕得想要逃走。

可是小林團長不但沒有逃，反而開始追趕那顆怪球。

「喂，大家快追呀！快追那個球。」

既然團長下令，怎麼可以逃走。於是少年們跟在團長身後，開始奮力追趕怪球。

球滾到帳篷外面表演的沙場，沙場的正中央有用大的圓木板搭建的舞台。平常就是在這裡表演「滾大球」的遊戲。

紅白相間條紋的大土球，就好像有隱形人踩在上面似的忽左忽右，在舞台上四處滾動。

少年們對於這個奇怪的捉迷藏遊戲感到極為興奮，逐漸恢復元氣，只聽到他們「哇、哇」的大叫，不停的追逐著怪球。

這的確是一場貨真價實的捉迷藏遊戲。怪球到處竄逃，而少年們為了防止它逃走，於是圍成了圈堵住它的去路。

不久，怪球被眾人從四面八方包圍，慢慢的逼近，終於動彈不得。

這時，又發生意想不到的事情。少年們又「哇」的大叫一聲，立刻

從球的旁邊跳開。

大家看！土製的球裂成兩半，彷彿桃太郎從桃子裡迸出來似的，球內竟然有怪異的東西跳了出來。

大頭上戴著紅白相間的運動帽，身穿紅色夾克、條紋長褲。雖然有一張大人的臉，但身材卻矮小得像個孩子。

「啊！原來是侏儒。」

原來就是那個偷走皇冠的侏儒。他躲在土製的球當中，難怪球會自己滾動。小林團長從口袋裡掏出哨子（叫喚他人的哨子），嗶嗶嗶……不停的吹著。

就在這時，明智偵探、中村警官和幾名警察從燈光亮處趕了過來，抓住了侏儒。

「真是大功一件，大功一件！不愧是少年偵探團，終於找到了侏儒。」

中村警官，笑著稱許少年們。

「現在已經抓到一個人了，還剩兩個人。小林，加油噢！」

明智偵探拍拍小林團長的肩膀，鼓勵的說道。小林和少年團員們立下這等大功，明智打算好好的獎勵他們。這時，一名警察跑了過來，向中村警官報告：

「有一隻熊掉到進行摩托車表演的大桶中，好像是弄斷鐵鏈逃出來的熊。」

聽他這麼說，明智偵探應了一聲「好」，立刻趕了過去。小林及少年團員們則跟在他的身後。

中村警官和幾名警察則抓著侏儒，留在原地。

大熊與巨人

大帳篷旁有一頂小帳篷，裡面放置摩托車表演的大桶。桶的直徑五公尺，內部很深。表演者騎著摩托車在內側旋轉，是這個冒險節目的舞台。

大桶的外圍有用木板搭建的觀眾席。明智偵探、小林和少年偵探團的團員們爬上梯子，站在觀眾席上看著桶內的情況。

深桶裡面，有一隻熊在那兒來回踱步。原本用鐵鏈栓住、關在籠子裡的熊，弄斷鐵鏈逃了出來。牠的後腳上還繫著剩下一半的鐵鏈。

「這傢伙，可能是破壞帳篷前面的籠子逃過來的。」

小林意有所指的看著明智偵探。

「也許吧！我想鐵籠裡應該還有其他的熊在，你過去看看。」

明智偵探說著奇怪的話。

「可是，這個馬戲團裡只有一隻熊啊！」

雖然明智偵探有時會說出令人摸不著頭緒的話，但是，每一次都是正確的。

小林為了調查熊，於是爬下樓梯，跑到大帳篷前。

一看，鐵籠周圍聚集了負責監視熊的五名少年。熊的確還在籠子中難道熊有兩隻呀！

「啊！小林團長。」

一名少年看到小林，立刻出聲叫道。小林趕緊問道：

「你們都一直待在這裡嗎？」

「是的，我們一直都在這裡。」

「這隻熊都沒有跑出來過嗎？」

「當然沒有囉！」

「真奇怪，竟然有兩隻熊。」

「咦！兩隻？」

「嗯！在那個摩托車表演的大桶中，還有在這個籠子裡，各有一隻熊。那隻熊應該是弄斷腳鏈，從籠子裡逃出來的。」

小林團長手臂交疊，在那兒思考著。

「可是這隻熊的腳上沒有腳鏈，而且籠子角落的確有被弄斷的腳鏈，真是奇怪！」

一名少年用手指著腳鏈說道。

「那麼，這隻熊應該是假冒的囉！先前待在這裡的熊不是只有牠一半的大小嗎？」

另外一名少年也注意到這一點，於是大叫了起來。

「是啊！從來沒有看過這麼大的熊。」

小林也是這麼想。關在籠子裡的熊，約為桶子裡的熊兩倍大。

情況愈來愈可疑了，到底這麼大的熊是從哪兒來的呢？難道這傢伙趕走了原本關在籠子裡的熊，自己佔據了這個地方嗎？

「這隻熊的樣子很奇怪。你看，牠的後腳好長噢！」

一名少年說道。聽他這麼說，確實很奇怪。小林一直盯著熊瞧，隨即下定決心叫道：

「一定是這樣。好，我立刻去請老師和警察來，我們要仔細檢查這傢伙。」

正打算離開時，籠子裡的熊突然直立起後腳，張開血盆大口，大聲吼叫，好像要撲向少年們似的。

眾人嚇了一跳，紛紛遠離籠子的鐵柵欄。

大熊用前腳拚命搖晃籠子的門，並且發出可怕的嘶吼聲。當牠用龐大的身軀撞門時，門啪的一聲被撞開。

少年們，嚇得四處逃竄。

熊從撞開的門逃了出來，跑向八幡神社的森林。先前大象逃走，好不容易才被抓回來，這次卻輪到熊。看來又必須要展開一場獵熊行動了。

小林團長再度拿起哨子，嗶嗶……，不停的吹著。立刻有幾名警察從帳篷入口跑了過來。

「事情不好了！熊撞壞籠子逃走，往那兒跑了。」

聽他這麼說，警察們取出腰際的手槍，企圖上前追趕。

「請等一下。」

小林制止警察們，低聲說道。

「……所以不可以用手槍射殺牠，只能活捉牠。還有……知道了嗎？」

警察們，臉上露出訝異的表情。

「真的沒弄錯嗎？」

再度確認的問道。

「沒問題，這是明智老師的命令。」

「好，既然這樣……」

說完之後，警察們將手槍塞回槍套中，迅速跑去追捕熊，少年們則跟在身後。

大熊從神社的後門跑向森林中。警察和少年們趕到後門時，熊已經不知去向，根本不見蹤影。於是眾人分頭展開搜索。

「奇怪，才一轉眼的工夫，熊不可能逃到很遠的地方去才對呀！」

一名警察納悶的說著。

這時，小林突然用手指著天空，大叫道：

「咦！在那裡，牠爬到樹上去了。」

抬頭一看，熊正坐在大橡樹的樹幹上，瞪著下方。

「沒辦法，看來只好用手槍嚇嚇牠。」

警察和小林商量過後，掏出佩在腰際的手槍，對空鳴槍。

「快下來，否則我就要射殺你了。」

警察彷彿在對人說話似的大叫著。

熊似乎也聽得懂人話，在樹幹上猶豫了一會兒之後，啪的跳到地上，立刻朝向大門跑去。

少年們又是驚聲尖叫的逃開。只有警察和小林團長沒有逃，仍然勇敢的追捕熊。

熊穿梭於樹幹之間，不斷的往前狂奔，熊和人類玩起了捉迷藏的遊戲。

兩名警察繞到前方，在樹幹後面守株待兔。在眾人追趕之下，倉皇逃走的熊，並不知情的正好跑到警察埋伏的地方。

在距離三公尺遠時，兩名警察大喝一聲，從樹幹後面跳了出來，在熊的面前舉手擋住牠的去路。

熊大吃一驚，打算回頭，但卻又看到其他的追兵逼近，形成雙面夾攻的情勢。

大熊好像在說「糟糕」而停下了腳步。就在這個空檔，前後三名警察撲上前，展開劇烈的搏鬥。

這時，負責監視神社境內的少年們全都聚集了過來，圍在旁邊為搏鬥的警察加油。

雖然熊的身軀龐大，但卻軟弱無力，很快的就被三名警察制伏，壓倒在地。

「畜牲！害我們費了一番工夫，原來是假冒的，這裡竟然有鈕釦。」

抓住大熊頸部的警察，憤怒的說道。手伸向熊的脖子，在那兒摸索著，好像在尋找什麼似的。接著雙手扶住熊的頭，用力往後拉。

結果，發生出人意料之外的景象。

大熊的頭，就這樣的被扯下，從肩膀到背部，彷彿被剝了一層層皮

似的。

熊皮被剝掉之後，出現的竟然是人類的上半身。

「啊！這傢伙竟然就是馬戲團那個高大的小丑。」

有人大叫著。原來就是那名高大的男子。濃眉大眼，好像西鄉銅像的高大男子。

為了以防萬一，他準備了這身大熊皮。披上熊皮，躲在籠子裡，假扮成大熊。

少年們紛紛發出勝利的歡呼聲。躲在球裡的侏儒已經抓到，扮成熊的高大男子也落網，現在只要再抓住那個戴著皇冠的少女就大功告成了。

少女的行蹤

頭戴「彩虹皇冠」的少女，逃到神社的森林當中。神社的大門和後門都有少年偵探團的團員監視著，她不可能逃到神社外。因此，少女一定還躲在神社森林中的某處。

少年們不斷的搜索少女的行蹤。這時已經接近黃昏，四周一片昏暗，尤其神社裡又有大樹。雖然有街燈，但是，這次的搜查行動變得極為困難。

小林團長分別派了五名團員，守住神社的大門和後門，其餘的九名團員則聚集在後門外。

「我們要去找馬戲團的少女，現在大家從偵探的七個道具中拿出手電筒來。」

對大家下達指示。所謂偵探七道具，就是指少年偵探團團員們隨身攜帶的小型器具類，包括鋼筆型望遠鏡、放大鏡、磁鐵、萬能刀、黑絲線繩梯（捲起時大小如拳頭般）、小型筆記本及鋼筆型手電筒等。

少年們取出鋼筆型手電筒，按下開關。再加上小林團長的手電筒，十個小燈泡彷彿閃耀的星光，照亮四周。

這時，一名少年走上前，詢問小林團長。

「團長，即使我們有手電筒，但是，要在既大又黑暗的森林中搜索，真的很困難。乾脆今天晚上留人看守，明天早上再展開搜索行動比較好。」

聽起來也有道理。在廣大的森林當中，只讓二十名少年進去搜尋，的確很勉強。於是小林團長回答道：

「即使如此，我們還是要晚上搜索，這是有理由的。明智老師已經告訴我方法，沒問題的，你們就按照我的吩咐去做吧！」

聽他這麼說，眾人再無異議。小林繼續的做出指示：

「現在大家關掉手電筒跟我走。無論發生什麼事情，在我還沒有吩咐之前，絕對不能打開手電筒，知道嗎？在神社裡面，走到某個地方之後，你們必須分散開來，躲在大樹後面。在我沒有叫你們之前，要一直在那兒等待著噢！

無論發生什麼怪事，都不可以跑出來，了解嗎？好，我們現在就出發吧！」

加上小林團長，總共十名少年，靜靜的走進神社的後門。

後門有五名少年團員和三名警察負責監視，小林團長對他們說道：

「你們繼續留在這裡監視，另外，我有事情要拜託警察先生。我們一定會找到那個女孩，如果發現她，我就會吹哨子，到時候希望警察先生能夠趕來幫忙，拜託你們了。」

說完，就走進了森林中。警察們早就聽中村警官提起這件事，所以

聽到小林這麼說，全都點頭答應配合。

十名少年在漆黑的森林裡躡手躡腳的走著，盡量不發出任何聲音，慢慢朝著社殿接近。

不久，一行人來到了社殿前，門前有兩隻大的石獅子。走在前面的小林回頭輕聲說道：

「大家散開躲起來，仔細觀察石獅子，可能要等很久，但還是要有耐心，到時候一定會發生令人驚奇的事情。不過，在我沒有做出指示前，絕對不可以跳出來噢！」

接著，做出要大家散開來的手勢。少年們，各自躲到石獅子附近的樹幹後面，小林團長則躲在社殿高高的地板下，眼睛盯著兩隻石獅子瞧。

石獅子是從中國傳來，負責守護神明的石製獅子，面貌猙獰。而這間神社的石獅子如人像般大小，前腳立起，後腳彎曲，坐在四方形的石檯上。

少年們，分別在躲藏的地方緊盯著兩隻石獅子。過了許久都沒有發生任何事情。四周非常黑暗，一片死寂。藉著遠處街燈昏黃的燈光，依稀可以看到石獅子的模樣。再仔細看，石獅子好像是一頭黑色怪物似的。

由於眾人分散開來，所以，每個人內心的恐懼不斷上升。擔心在漆黑的夜裡，有可怕的怪物會偷偷靠近自己，讓人不禁毛骨悚然。

不只如此，如黑色怪物般的石獅子，好像會突然跳起來似的，並且面露兇惡的表情向自己飛撲而來。想到這裡，就更加的令人害怕。

不知道什麼時候才會天亮，每個人都變得心浮氣躁。事實上，現在連一個小時都還沒過去呢！

終於，可怕的事情發生了。

會動的石獅子

仔細一看，石獅子開始移動了。看起來好像黑怪物般的右側石獅子，開始移動了。

少年們懷疑自己是不是看錯了，不禁睜大眼睛盯著石獅子。石獅子的動作愈來愈大。並不是大家眼花，而是石獅子真的在移動。

雖然少年們嚇得想要逃走，但是，也不得不忍耐，因為小林團長曾經說過：

「無論發生什麼怪事，都不可以跑出來。」

因為這項命令，所以大家都不敢移動，唯恐他人嘲笑少年偵探團的團員竟然害怕妖怪而逃走。

石獅子彷彿是活生生的動物一般，從石檯上走了下來，站到了地

灰色巨人

面。少年們擔心獅子會朝自己飛撲過來，所以都蜷曲著身體，躲在樹幹後面。

就在這時，又發生了不可思議的事情。石獅子滾到地面上，有個人從裡面跳了出來。

竟然有人藏匿在石獅子裡面。但是，石獅子裡面根本不可能是空的啊！因此，沒有人想到會有人躲在裡面。

但是，真的有人躲藏在石獅子裡面，而且，這個人還披著石獅子的外皮在那兒走動著。石獅子看來非常的輕，不是用石頭，而是用其他材質做成的。

不過，現在無暇細想。從裡面跳出來的是一個小女孩。女孩身穿與馬戲團裡扮演女王的少女相同的衣服，腳穿長靴，手上拿著光彩奪目的奇怪東西。在黑暗中，這個東西反射著遠處的街燈，閃耀著光芒。

就在這時，嗶嗶……，哨音響起，原來是躲在社殿地板下方的小林吹起了哨子。

「快點，大家趕快去抓住那傢伙，她就是馬戲團的女孩，她的手上有『彩虹皇冠』。」

聽到小林團長的命令，少年們紛紛從躲藏處跳了出來。少女抱著皇冠，打算從大門逃走。然而在那裡監視的五名少年及兩名警察已經跑了過來，於是她趕緊掉頭。這時，拿著點亮的手電筒的少年們，從四面八方逼近，而後門的五名少年和三名警察也趕到。

就這樣，柔弱的少女很快的就被擒拿。

她確實就是馬戲團的少女，手上還持有「彩虹皇冠」。

用手電筒檢查時發現，原來石獅子和玻璃櫥窗內的獅子的做法相同，只不過是用紙糊成的獅子罷了。乍看之下，和石頭一模一樣，所以白天也沒有人會發現。寶石大盜「灰色巨人」事前就已經做好了假的石獅子，好讓少女躲在裡面。

明智偵探在白天時早就已經察覺到這一點，不過，他並沒有親自前來調查，而將功勞讓給少年偵探團。

少女在警察拿走「彩虹皇冠」時哭了出來。她什麼也不知道，只是被壞蛋威脅，負責帶皇冠逃走。

這時，明智偵探和中村警官也及時趕到。中村警官看到平安無事的取回皇冠，不禁拍著小林的肩膀，稱讚道：

「啊！小林，你實在太棒了！少年偵探團的各位團員，因為有你們的協助，才能順利的逮捕犯人，並且奪回皇冠。我會向警政署長報告，好好的獎勵你們。」

接著對明智偵探說道：

「這當然也是得力於明智先生的高明指點。助手小林建立這麼大的功勞，你一定很高興吧！如此一來，就可以將灰色巨人一網打盡了。」

雖然受到讚揚，但是，明智偵探卻沒有露出得意的笑容。

「不，竊賊並沒有完全被消滅，真正的犯人現在還逍遙法外呢！」

「咦！怎麼可能？犯人不就是那個高大男子嗎？他不就是灰色巨人嗎？」

「不，你弄錯了。大家都以為高大男子就是灰色巨人，事實不是如此。真正的犯人躲在暗處，他只是利用那名高大男子做案。我認為這個少女、侏儒和高大男子都不是幕後主使者。」

聽他這麼說，中村警官和在場的警察都露出驚訝的表情。原以為犯人已經束手就擒，卻沒想到另有其人，實在令人沮喪。

事情是否真如明智偵探所言？那麼，犯人到底是誰呢？現在又躲在何方呢？

消失的少年

明智偵探和小林，打算帶著園井正一將「彩虹皇冠」送還給園井的父親。

「園井在哪裡？嗨！我們趕緊到你家去吧！相信你的父親一定很高興。」

可是，卻沒有人回答。

「園井……」

「小正……」

眾人異口同聲的叫著，可是依然不見他的蹤影。

「奇怪，到哪兒去了？大家趕快用手電筒找找看。」

在小林團長的命令之下，團員們全都打開鋼筆型的手電筒，四下找尋。警察也用大型手電筒在森林中搜尋。然而依舊沒有發現園井。

假設就如明智偵探所言，真正的犯人另有其人，那麼，他會不會趁著黑夜擄走園井呢？若真是這樣，那麼，這次就變成了一樁綁架案，可不像「彩虹皇冠」被偷走一般是件小事。即使奪回寶物，但是，重要的正一被抓走，那也無法向園井先生交代。

於是，中村警官聚集了附近眾多的警察，甚至連探照燈（在夜間光能照到遠處的照明裝置）都拿了出來，開始在神社森林及周圍展開大規模的搜索行動。可是依然沒有任何發現，園井少年下落不明。

明智偵探和中村警官拜訪園井的父親，歸還了「彩虹皇冠」，同時告知正一失蹤的事情。

「真的很抱歉！因為他跟著我，所以才會遇到這種事，我知道再怎麼道歉也沒有用。少年偵探團一心想立大功，這是不對的。我會負起全責，抓到真正的犯人，救回正一。請你放心吧！」

不愧是名偵探明智小五郎，他知道這次的事件不是道歉就可以解決問題的。

翌日，一封沒有署名的信寄到了園井先生的家中。打開一看，裡面竟然是充滿威脅的字句。

「彩虹皇冠」被你奪回去了，但是，我要把正一暫時留在我這兒。你放心吧！我絕對不會虐待他，也不會讓他吃半點苦頭。正一可是非常重要的人質。我還沒有放棄「彩虹皇冠」，我絕對要將皇冠裝飾在我的美術館中。

所以，如果你不拿「彩虹皇冠」來交換，我就不把正一還給你。我想，你應該寧願放棄皇冠也不願意失去孩子吧！

十一日晚上八點，你帶著皇冠離開家，往東走一百公尺，在那兒會有一輛汽車在等著你。當你接近時，車頭燈會閃動，那就是我的車。駕駛打開車門後，你立刻坐上去。汽車會載走你，你就用皇冠來交換正一。

如果我發現你通知明智小五郎和警察，到時候正一就永遠回不去了。

你必須遵照我的吩咐去做，否則將再也見不到正一。

灰色巨人

看完這封信之後，園井決定交出皇冠。即使珍貴的寶物，也比不上自己兒子的生命來得重要。

「灰色巨人」吩咐絕對不能通知明智偵探，但是，園井破壞了這項約定。心想，如果主動登門拜訪或請明智偵探到家中，一定會被歹徒發現，那麼，只要打電話應該就沒問題了。於是，立刻打電話聯絡明智偵探，想要借重他的智慧。

怪異的拾荒老人

園井打電話給明智偵探，告訴他灰色巨人信中的內容。因為是用電話聯絡，所以沒有人可以偷聽，也不必擔心被歹徒發現。

明智偵探思索了一會兒，回答道：

「你就按照他的吩咐去做。你帶著『彩虹皇冠』坐上那輛汽車。對方不是真的要取正一的性命，只要給他皇冠，他一定會釋放正一，你自己應該也不會有危險的。」

「這麼一來，皇冠不就落到他的手裡了。」

園井先生不滿的反問。明智則笑著說道：

「不，我會再幫你把皇冠奪回來的。我已經有萬全的計策了，你安心吧！這件事就交給我。到時候一定會讓灰色巨人大吃一驚。距離十一日還有三天，在這段期間內，絕對還會發生讓你驚訝的事情，你就拭目以待吧！」

既然有名偵探的保證，園井也只好答應了。

「那麼，萬事拜託了！」

說著就掛斷電話。

第二天早上，真的發生令園井驚愕的事情。

一名拾荒老人揹著大的竹簍，毫不在乎地，從園井家的後門進來，傭人瞪著拾荒老人。

「我們家沒有破銅爛鐵，快點走開！」

責罵似的大聲說道。這時，拾荒老人蓄著鬍子的臉上竟然露出笑容，走到傭人的身邊，對他耳語著。最初傭人被他的舉動嚇了一跳，想要跳開。不過，在聽到他的話之後，驚訝的說道：

「那麼，你是……」

當傭人瞪大眼睛時，拾荒老人又莞爾的笑了起來，點了點頭。

傭人立刻跑進屋內，等到再回到後門時，臉上掛著笑容，很有禮貌的向拾荒老人鞠躬。

「請進。」

帶他走進屋裡。拾荒老人將骯髒的鞋子脫在後門，跟在傭人身後。來到非常氣派的客廳，拾荒老人放下竹簍，安穩的坐在安樂椅上。

就在這時，主人園井先生走了進來。

「你是明智先生嗎？真的是明智先生嗎？」

不可思議的看著拾荒老人的臉。

「沒錯，看來你並沒有識破我的偽裝。看！我把這個拿下來你就知道了。」

拾荒老人說著，用手抓住臉上的鬍子，將整個鬍子扯了下來。臉皮被扒下之後，露出明智偵探的臉。

園井先生被眼前的景象嚇了一跳，久久說不出話來。

讓園井看過真面目後，明智又回復原先的裝扮，搖身一變成為拾荒老人。

拾荒老人撥開一旁竹簍的紙屑，取出兩個用黑漆塗成的盒子，放在桌上。然後打開蓋子，一邊裝著金色皇冠，另一邊則是空盒子。

「這是我從馬戲團那些少女們戴的皇冠當中借來的，我要用它來變魔術。不過，光是這樣還不夠，一定要和你們家的『彩虹皇冠』完全一樣才行。距離十一日還有兩天，在這段期間，我打算請珠寶店的人祕密打造這頂皇冠，所以，必須讓他們看真正的『彩虹皇冠』。可是，這麼重要的東西拿出去很危險，因此，我就在這裡描繪，再請珠寶店的人照著畫裡的樣子打造。」

聽到喬裝成拾荒老人的明智這麼說，園井先生的臉上露出訝異的表情。

「你是說把這個贗品交給巨人來代替『彩虹皇冠』嗎？但是，那個傢伙小心謹慎，怎麼可能會上當受騙呢？」

「不，我不是要把贗品交給他，你帶去的是真品。你將真品交給他，等到換回正一後，我再用贗品變個把戲，所以，一定要使用同樣的盒子。那麼，請你把真正的『彩虹皇冠』從銀色盒子中取出，擺在這個黑漆的盒子裡。這個盒子也是用來變戲法的。萬一這個戲法失敗，還有其他補救的方法。利用這兩個計策，一定可以奪回『彩虹皇冠』。」

明智自信滿滿的說著。

「另外一個計策是什麼呢？」

園井擔心的問道。

「這個我暫時保密，這也是一種戲法，或者也算是一種魔術。我會在竊賊的車上綁上細線，這條細線可以延伸到很長的距離，不管對方的汽車速度有多快，線都不會斷掉。」

明智說著讓人一頭霧水的話。將線綁在汽車上，線可能很快就被扯斷，而且也不可能有數公里長的線。一大團的線怎麼可能藏得住。

園井百思不解，但是，既然明智不肯透露，他也不再詢問，他相信名偵探的智慧。

於是園井從金庫裡取出「彩虹皇冠」，置於桌上。明智則從竹簍裡拿出圖畫紙，用鉛筆進行素描。二十分鐘之後，留下桌上的空盒子，將假的皇冠放在另一個盒子裡，和圖畫紙一起放進竹簍裡的紙屑當中。

「那麼十一日時，你就按照歹徒信上的吩咐去做，其他的事情就包在我的身上，你安心吧！」

說完之後，拾荒老人就揹起竹簍離去。

名偵探的兩個戲法，到底是什麼？難道真的能夠騙到灰色巨人怪物團嗎？

名犬夏洛克

終於到了十一日的夜晚。在約定的八點前，距離園井家東邊一百公尺遠的巷子裡停了一輛汽車，車頭燈熄滅，在那裡等待著。除了駕駛之外，後座還有一名男子。

另外，有一名男子躲在距離汽車三十公尺處的電線桿後面，察看四周。為避免明智偵探和警方跟蹤，灰色巨人的手下在那兒監視著。

這裡是兩側由大型住宅的水泥圍牆延伸而成的幽靜巷道。在太陽下山之後，很少有人會經過。

黑暗當中，一名男子正迎面慢慢的走來。

躲在電線桿後面監視的人，凝神細看這名男子是不是園井先生。結果發現對方的穿著不像園井先生那麼整齊，而是一個非常骯髒邋遢的男子，甚至帶著酒意，步伐凌亂，口中喃喃自語不知道在說些什麼。

走到電線桿時，好像被什麼東西絆倒似的，搖搖晃晃的晃到了電線桿後面。

躲在那裡監視的男子立刻退開，但是，已經來不及了。醉漢搖搖欲墜，想要抓住東西似的，就這樣的抓住了他的衣服。

男子不耐煩的說「少煩我」，並伸出一隻手想要撥開醉漢的手。但是因為用力過猛，弄痛了醉漢，他憤怒的說道：

「喂、喂，我跟你有什麼深仇大恨啊！你幹嘛揍我？想打架是不是，出來呀！」

監視的男子不知道自己遇到的是怎樣的無賴漢，只是覺得對方很煩，於是擺好陣勢，展開一場纏鬥。

就在這時，巷子的另一端突然出現黑暗的身影，跑向停在路旁的汽車，鑽到車身下，似乎在動些什麼手腳。接著又朝反方向跑走。看起來

像個孩子，個頭非常嬌小。

監視的男子只顧著和醉漢打架，完全沒有發現這一切。車內的男子則猶豫著是否要上前幫忙，只是待在一旁觀望，所以，也沒發現小小的身影曾經到過他們的車子底下。

等到小小的身影離開之後，原先還在打架的醉漢，突然閃個身子逃走。正當監視的男子感到訝異時，醉漢已經消失在對面的黑暗中了。

難道醉漢及小小身影的人是同夥嗎？小小的身影鑽到汽車下面，到底動了什麼手腳呢？當時醉漢是否為了引開男子的注意力而故意找碴呢？如果真是如此，那麼，醉漢與小小身影的人又是誰呢？

這件事情暫且不提。園井先生到了約定的八點時，將「彩虹皇冠」放在明智留下的黑漆盒子裡，夾在腋下，從門前往東走了一百公尺之後，看到那裡停著一輛車頭燈熄滅的汽車。這是發生在醉漢打架事件後不久的事情。

的信號。

園井走近汽車，車頭燈啪啪的閃了兩、三次，這就是灰色巨人所說

車門打開，裡面的男子伸出手拉住園井。反正已經逃不掉了，園井順從的坐進車內之後，汽車立刻奔馳而去。

「雖然不舒服，但還是要請你矇住眼睛。」

灰色巨人的手下拿出一條黑色手巾，矇住園井先生的眼睛，不讓他知道目的地。

就在汽車急馳了五分鐘之後，另一輛汽車跟隨在後。在灰色巨人的車停下來時，那輛車也跟著停住。

仔細一看，開車的人竟然是明智偵探，而後座則坐著小林和大型牧羊犬。

明智停下車，觀察四周的情況，確認沒有可疑的傢伙之後，就走到車外。小林也拉著繫住牧羊犬的繩子下車。

「夏洛克，你要加油噢！今天晚上你是主角，事情進行得順不順利就完全看你的鼻子了。」

明智偵探拍拍牧羊犬的頭，低聲說道。夏洛克就是這隻牧羊犬的名字，是明智從認識的愛狗家那裡借來的，在警政署也是非常有名的偵探犬。牠的名字則取自名偵探福爾摩斯．夏洛克。

「小林，把那個拿來。」

小林按照明智老師的吩咐，用手指夾著汽車裡沾有黑色骯髒東西的布，拿到夏洛克的鼻前，頓時傳來了一股刺鼻的煤焦油味。

夏洛克用鼻子嗅了嗅沾了煤焦油的布，過了一會兒，似乎在說「我已經知道了」而別過頭去。於是小林又將布丟回車內。

接著，抓著繫住夏洛克頸部的繩子，讓牠嗅附近的地面。夏洛克在四周聞了一會兒之後，似乎發現了與先前的布相同的氣味，因而將鼻子貼近地面，開始跑了起來。抓著繩子的小林，一不留神，差點就被夏洛克給拖著跑。

「把繩子綁在車子的前面。」

在明智的吩咐下，小林立刻將繩子繫在車子前面，兩人又回到車內。明智握住方向盤，小林則坐在後座，並將用黑色四方形包巾裹住的包袱小心翼翼的擺在膝上。

明智和小林都穿著黑色的衣服、黑色的襪子和鞋子，除了臉和手之外，全身都是黑的。

為什麼他們要一身黑色的打扮呢？而擺在小林膝上的黑色包袱裡面，裝的又是什麼東西呢？相信各位讀者已經猜到了吧！

偵探犬夏洛克的鼻子貼近地面，迅速往前奔跑。雖然心裡有點焦躁，但是，坐在駕駛座的明智，還是小心翼翼的開著車。夏洛克追蹤地面的氣味，不斷的往前奔馳。

這個氣味與先前小林讓牠聞的煤焦油氣味，應該是相同的。那麼，

為什麼這種氣味會殘留在地面上呢？

在「豹人」（江戶川亂步撰寫的適合成人閱讀的神祕小說，一九三四年發行）事件當中，名偵探發明了「黑線」這個綁在汽車後面的機關。大的白鐵罐裡裝滿煤焦油，用錐子在罐底刺個小孔，再以彈簧將鐵罐掛在汽車的車底。

接下來煤焦油就會好像細線般的從小孔流出。當汽車前進時，地面上則會留下肉眼看不清楚的煤焦油形成的細線。罐子裡盛裝了四、五十分鐘車程的煤焦油。

偵探犬夏洛克的鼻子，能夠敏銳的嗅出如線般細的煤焦油氣味，藉此來追蹤灰色巨人的汽車。

那麼，到底是誰將白鐵罐掛在汽車下方的呢？當然是先前那個小小的身影，也就是小林。而那個為了引開監視男子的注意而故意扮成醉漢的人，就是明智偵探。

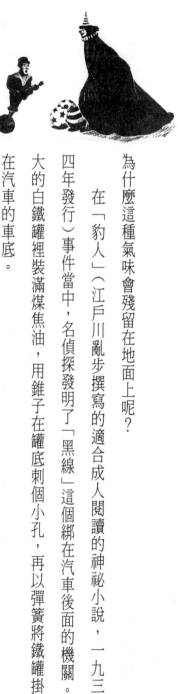

灰色巨人

可疑的住宅

搭載園井先生的歹徒的座車，在路上急馳五十分鐘之後，終於停了下來。看來已經開了很長的一段路。

「下車吧！前面的路車子開不進去，只好用走的。」

坐在園井身旁的竊賊手下說著，牽著園井的手，走下汽車。

園井拿著裝有皇冠盒子的包袱，在對方的帶領下，走在雜草叢生的道路上。不只是草，似乎還有很多的樹木，而褲管不時的被樹枝勾到。

周圍可能是森林，因為強烈的植物氣味撲鼻而來。

距東京一小時路程遠的地方沒有山，但是有一些小山丘，感覺就好像在爬山丘似的。

走在沒有道路的森林當中，必須撥開草叢或樹枝才能前進。眼睛被

矇住的園井先生，寸步難行，但是，歹徒根本不在意，只是粗魯的拉著他往前走，害他三番兩次差點跌倒。走了十分鐘的山路，接著又被拉進狹窄的洞穴裡。

「現在我們要往下走，這裡有石階，你自己要小心。」

歹徒說完就扶著園井，慢慢的走下石階。

約在洞中往下走三公尺時，又遇到彷彿隧道般橫的洞穴。洞穴極為窄小，無法站著走，只好彎下身子，好像爬行似的前進。

園井先生產生莫名的恐懼。到底這個洞穴會通往何處？難道他永遠都回不了家了嗎？

「正一被關在地下室嗎？」

當他詢問時，對方顯得有點不安的回答道：

「不是的。等一下我們還要往上爬，會回到地面上去。你的孩子安然無恙的待在華麗的水泥建築物當中。」

灰色巨人

果然，接下來是往上爬的階梯。在狹窄的階梯上爬了三公尺，來到廣大的地方。走了二十步左右，來到一張椅子之前，讓園井坐下，拿掉矇住園井眼睛的黑布。

眼前頓時一亮，映入眼簾的是氣派的桌子，上面擺著美麗的燭台，五根蠟燭正燃燒著。

桌子的對面有全白及鮮紅的東西，仔細一看，原來是一名老人。全白的東西是長達胸部的白鬍子，原來是一名七十多歲的老人。身穿極為顯眼的紅色外套，坐在好像只有大僧正（僧侶中地位最崇高者）才能坐的華麗椅子上。紅色外套的衣領周圍有金線的花紋，上面鑲著許多寶石，和大僧正穿的外套一模一樣，十分光鮮亮麗。

園井先生覺得有點頭昏眼花。通過地下道後，彷彿來到另一個世界，有如來到童話王國的國王面前一般。

環顧四周，形狀也很奇特。約為一百個榻榻米大的廣大房間，但不

是四方形，而是橢圓形的。周圍的牆壁是水泥砌成的，但不是直的，而呈扭曲狀。有的部分突出，有的部分陷凹，有如現在非常流行的雕刻藝術。

而且根本沒有窗戶，天花板還是用木板釘的，上面似乎是二樓。通往二樓的樓梯則是沿著彎曲的水泥牆，彷彿鐵梯一樣斜斜的向上延伸。水泥牆好像蛇似的。

這個橢圓形房間的周圍，陳列著猶如珠寶店櫥窗般的玻璃櫃。因為距離很遠，所以看不清楚。

不過，玻璃櫃裡似乎有一些紅色、藍色、紫色等的絲絨盒，裡面盛裝各種金銀製的美術品。全都鑲有寶石，散發光彩奪目的光芒。其他還有很多寶石的項鍊、手鍊等。

這真是一個詭異的住宅，但卻很適合當成怪盜「灰色巨人」的大本營。怪盜曾經說過，為了裝飾自己的美術館，希望得到「彩虹皇冠」。

灰色巨人

眼前所見，的確是非常棒的美術館。

「盒子裡裝的是真正的『彩虹皇冠』嗎？我想確認一下。」

白鬍子老人用沙啞的聲音說道。

園井心想，如果將盒子交出去，恐怕再也拿不回來。

「在讓你檢查之前，我想先看看正一。你不是說要把正一還給我嗎？」

他態度強硬的說著。

老人微笑著說道：

「我當然不會破壞約定。來人啊，把正一帶過來。」

吩咐身旁的手下，手下恭謹的低下頭，沿著鐵梯走到二樓。

這麼看來，正一是被關在二樓囉！園井先生一直朝著那個方向看。

不一會兒，終於在鐵梯上看到少年。

真的是正一。園井不禁從椅子上站了起來。

正一看到父親，輕輕叫了一聲，跑下樓梯。就在打算跑到父親那裡時，竊賊的手下跑了過來，擋住正一。

「先讓我看看『彩虹皇冠』再說，如果是假的，我就不會把正一還給你。」

老人鎮定的說著。園井只好打開包袱，取出黑漆盒子，打開蓋子，擺在老人的面前。

老人拿起「彩虹皇冠」，興奮的把玩著。確定不是贗品之後，用力的點了點頭。

「啊！真是太美了。看這光芒，真的好像彩虹一樣。園井先生，這的確是『彩虹皇冠』。我會把它當成美術館的寶物，好好的保存。那麼正一就還給你吧！」

接著以眼神示意手下。手下恭謹的鞠躬，將正一帶到園井身邊。

「爸爸！」

「正一，你平安無事真是太好了！」

父子手牽著手，高興的擁抱在一起。

接下來園井和正一又被矇著眼睛，由手下引導，通過狹窄的地下道。離開地下道之後，撥開森林中的草叢，爬上山丘。坐上待命的竊賊汽車，回到東京。在神宮外苑寂靜的森林中被放下來。

園井和正一拿掉矇在眼睛上的黑布，目送竊賊的汽車離去後，離開外苑，來到大街，攔下一輛計程車，平安無事的回到家。

那個擁有奇特形狀的建築物，到底在什麼地方呢？在距離東京一個小時車程的山丘，到底位在何方？

斷裂的黑線

故事回到另一段的發展。偵探犬夏洛克在汽車前方奔馳，坐在車上的明智偵探和小林，則開著車追蹤竊賊坐車的行蹤。

小林將裝著煤焦油的罐子掛在竊賊的汽車下方，從罐子的小孔中會流出如黑線般的煤焦油，沿路留下煤焦油的氣味，而名犬夏洛克就是聞著這股氣味來追蹤竊賊的汽車。

夏洛克離開品川，奔馳在夜晚的京濱國道上。通過橫濱，又繼續跑了二十分鐘。後來夏洛克的速度開始減慢。就算是名犬，連續奔跑一小時也吃不消。

「啊！看來煤焦油的線斷了。罐子只能使用五十分鐘，我們已經開了一個多小時，竊賊的車全速奔馳，早就過了五十分鐘，所以煤焦油的黑線斷了。」

小林非常聰明，立刻聯想到夏洛克速度變慢的原因。

「嗯，可能是吧！不過，我們還是繼續試試看，也許煤焦油還會留下一、兩滴。或許夏洛克還可以聞到淡淡的氣味。」

明智偵探說著，放慢車速，任由夏洛克緩慢前進。

偵探犬嗅著地面上殘留的氣味，從國道上轉到旁邊的小路。

正如明智偵探所說的，還是有殘留數滴的煤焦油滴了下來。

但是，滴下來的小黑點逐漸縮小，而且距離愈拉愈長，夏洛克當然變得較不靈敏。徘徊許久之後，終於又聞到氣味，繼續前進。

跑了三百公尺，可能已經完全嗅不到氣味了。夏洛克突然停下腳步，一動也不動。

「早知道就應該掛上更大瓶的煤焦油罐。」

明智偵探遺憾的說道，但是，並沒有放棄。

「我們還是下車找找看吧！牽著綁著夏洛克的繩子，在這附近繞繞看。」

明智催促著小林。

於是兩人走下車。明智將裹著假皇冠的包袱夾在腋下，小林則牽著夏洛克，繼續前進。

這裡距離國道相當遙遠，非常僻靜。一邊是田園，另一邊是大森林。不過，不是平地森林，而是猶如小山丘似的森林。

夏洛克沿著森林慢慢的前進，來到某個場所時，似乎又聞到其他東西的氣味，於是開始沙沙地朝森林中狂奔。

大樹下有低矮的樹叢，而且雜草叢生，根本沒有道路。可是夏洛克不斷的前進，小林也只好緊抓著繩子，跟著往前跑。明智偵探則尾隨在後。

兩旁有大片的草叢，不時有樹枝絆到腳。爬上山丘之後，夏洛克突然趴著，一動也不動。

明智偵探在附近走走看看，只有大樹林立，並沒有發現有任何的住家，所以不認為這是賊窩。

兩個人終於放棄，準備撤退。這次夏洛克也坐在車上，車子全速奔

馳，回到東京。

回到東京，將夏洛克送還給主人之後，立刻準備登門拜訪園井。已經半夜十二點，不知道正一是否安然返家，擔心不已，於是前來一探究竟。

按園井家的玄關鈴，傭人前來開門，請他們到客廳。不久，園井帶著正一，笑著走了進來。

「啊！正一平安回來，好像沒有遭到虐待，還很有元氣呢！」

園井很高興的說著。

正一跑過來握住小林的手，並向明智偵探深深的鞠躬。

「太好了。你知道賊窩在哪裡嗎？住宅到底是什麼樣子？」

當明智詢問時，園井面露困惑的表情說道：

「這個嘛，我真的不知道耶！因為不管是去還是回來，我都被矇著眼睛。歹徒藏匿的賊窩必須先通過奇怪的地下道，是個很奇特的建築物。」

園井並且詳細描述竊賊的首領白鬍子老人，以及建築物奇特的形狀。

明智仔細聽完之後，好像想到什麼似的，用手搔搔蓬鬆的頭髮。當明智偵探有好的構想時就會出現這種習慣性動作。

在園井說完之後，明智說道：

「我真失敗啊！黑線在中途斷掉了。」

明智簡短的敘述先前的事情之後，問道：

「從你坐上竊賊的汽車到下車為止，中途經過多少時間呢？」

「這我不太清楚，不過不到一小時，大概五十分鐘左右吧！」

聽他這麼說，明智又用手指搔搔頭髮。

「那麼，黑線斷掉的時間和竊賊停下來的時間幾乎相同。也就是說，距離橫濱二十分鐘的路程，像森林一樣的樹叢中及小山丘，那裡就

是竊賊的根據地。」

「可是，山丘上會有大型的水泥建築物嗎？」

園井不解的問道。

「不，這就是很奇怪的一點了。灰色巨人的想法實在很怪異。不過，關於那個大型建築物的祕密，我大概已經了解。他真是異想天開（想法出人意料之外），就像個魔術師一樣。

園井先生，你放心吧！我絕對會取回『彩虹皇冠』。我已經知道賊窩在哪裡。如果對方是魔術師，那麼我也來變個魔術。我一定會攻其不備，讓那個怪物大吃一驚的。」

明智偵探信心十足的說著，保證會取回「彩虹皇冠」。

第二天清晨，在距離橫濱五公里處的好像小山的森林中，一個奇怪的男子在那兒徘徊。這個人身穿夾克、褐色長褲，頭戴鴨舌帽，臉上戴著一副黑色的細邊眼鏡。好像來自鄉下的小販一樣，將包巾裹住的四方形盒子般的東西揹在背上，裡面裝的可能是富山藥（富山的藥販走遍全國各地兜售的藥）。

這名男子撥開沒有路的森林中的草叢，往山丘上爬。爬到距離道路兩百公尺處時停下了腳步，看著森林的樹木，突然笑了起來。

這個小販就是明智偵探喬裝改扮的。為什麼他會突然面露笑容？他到底看到了什麼呢？

巨人的真實身份

就在園井用「彩虹皇冠」換回正一的第二天，一名奇怪的男子來到園井家拜訪。穿著夾克，戴著鴨舌帽和眼鏡，背上揹著包袱，看起來像是鄉下的小販。

傭人覺得奇怪，想要拒絕他，但是，這名男子卻在傭人耳邊說了幾

句話。聽他這麼說，傭人露出驚訝的神情，跑進屋內。不一會兒，園井先生親自來到玄關，將奇怪的男子帶到客廳。

「易容術真高明，看起來的確不像明智先生。」

園井先生很欽佩似的說道。原來這名奇怪的男子，就是名偵探明智小五郎打扮的。這時，正一也走進來向明智偵探打招呼。

「園井先生，我帶禮物來讓你高興一下。」

明智說著，打開背上的包袱，取出黑漆盒子，掀開蓋子，瞬間看到耀眼的光芒。

「咦！這不是『彩虹皇冠』嗎？」

園井先生驚訝的拿起皇冠。

「是真的，正是昨天我用來換回正一的那頂皇冠。明智先生，你是怎麼拿回來的？」

「就在一個小時前，我偷偷溜進賊窩拿回來的。我已經用假的皇冠將它對調。因為製作極為精巧，也許竊賊不會發現。」

明智說道。

「咦！那麼你找到賊窩囉？」

「是的，這全靠小林的幫忙。接著我打算和警政署的中村警官和警察們一起到賊窩去。」

明智說著，將「彩虹皇冠」交還給園井先生之後，立刻匆匆趕往警政署。

兩個小時之後，在距離橫濱五公里處猶如小山般的森林中，七名好像正在進行道路工程的男子在那兒徘徊。原來是明智偵探、中村警官及五名刑警假扮的。明智帶頭，即將直搗賊窩。

「明智先生，你說賊窩在這山裡，可是我看不到任何住宅啊？」

喬裝成作業員的中村警官，疑惑的問道。

「灰色巨人這個竊賊是個高明的魔術師，他會做一般人意想不到的

怪事。事實上，他的住所也是很奇特的建築物。」

同樣扮成作業員的明智，微笑著回答。

「說到建築物，到底在什麼地方啊？」

「就在這裡，就在你的眼前呀！」

「哪裡、哪裡？」

警官四處張望，但是，並沒有看到任何住宅。

「就是那個，在對面的森林上，不是有個冒出頭的灰色巨人聳立在那裡嗎？」

「咦！灰色巨人？」

「因為太龐大了，所以你看不到。你看，那個大觀音。」

原來是那座用水泥砌成，高達數十公尺的有名的觀音像。建造在小山上，聳立在廣大的森林中。

「先前就已經看到觀音神像了呀！但那不是住家，不可能躲人。」

「不過，就是有人躲在那裡。水泥觀音像裡面是空的，竊賊挖掘地下道，從地底進入內部。在裡面搭建了華麗的房子。」

啊！水泥大佛中竟然成為住家，實在太不可思議了。中村警官和一旁的刑警們全都嘖嘖稱奇。水泥大佛的確像是灰色的巨人。眾人都認為是某個人的暱稱或意指高大男子，卻沒料到竟是賊窩的名稱。

這時，明智用手指著對面，說出古怪的話。

「中村先生，你看，那邊樹根的草正在蠕動呢！」

大家看向樹根，的確某處的草正在異樣的搖晃著。難道是土撥鼠嗎？不，土撥鼠根本沒有那麼大的力量。應該是更大的動物，從地下將土往上推。

「大家躲在樹幹後面，仔細的看清楚這一切。」

明智說完之後，逕自躲到樹幹後方，眾人也依樣畫葫蘆，找個樹幹藏身。

仔細觀察，草的移動方式愈來愈劇烈。五十公分厚的土和草被掀開來，地底露出一個黑洞，隨即洞中冒出一張臉。

這個人從地面探出頭來，朝左右四處張望，確認沒有人之後，爬出洞外。穿著毛衣，戴著大的黑眼鏡，是一名二十五、六歲的年輕人。

「那是竊賊的手下，快點逮住他。」

聽到明智這麼說，中村警官立刻對部屬做出信號。這時，躲在前面樹幹後方的警察掏出手槍，朝年輕人逼近，槍指著他，大叫「站住」。

年輕人嚇了一跳，停下腳步並高舉雙手。另一名刑警則趕緊上前用手銬銬住對方。

「綁住他的腳，再用東西塞住他的嘴巴。」

在警官的命令下，刑警將年輕人推倒在地，用麻繩（用麻做成的堅固耐用的細繩）牢牢的綑綁他的腳，同時用布堵住他的嘴巴。就這樣，年輕人的身體被五花大綁的丟到樹叢後面。

「實在很神奇，那裡竟然是通往水泥大佛的出入口。」

中村警官直呼不可思議，明智則點頭說道：

「沒錯。今天也有人從這個洞出來，我抓住那個傢伙，穿著他的衣服，打扮成竊賊的手下，溜進賊窩裡，將假的皇冠和真的皇冠對調。現在那名手下還留在警方的看守所裡呢！

進入洞穴以後，我發現狹窄的地下道直通大佛下。那裡有廣大的房間，竊賊的首領也在那裡。是個留著白鬍子的老人，你們要抓的人就是他，當然也要連同他的手下一網打盡。裡面應該還有三、四個人，我還有其他事情要做，暫時先告辭了。」

「咦！你要到哪兒去啊？」

警官驚訝的問道。

「嗯！我還有一些和灰色巨人有關的事情要做，就是……」

明智低聲在警官耳邊說著。只見警官臉上的表情愈來愈錯愕。

「啊，你連這個也調查到啦！實在是個不可輕忽的傢伙。好，那麼我們就可以放心的緝捕竊賊了，你自己也加油吧！」

兩個人在握手之後就分道揚鑣。中村警官和五名刑警進入通往地下道的洞穴中，走下泥土做成的階梯。下了階梯之後，看到既黑又長的洞穴。但是無法站立前進，因為這是一條相當狹窄的隧道。於是眾人只好彎曲身體，好像爬行似的往前走。

黑色演員

水泥大佛體內廣大的房間裡，身穿紅色外套、宛如大僧正般的白鬍子首領，正坐在氣派的椅子上啜飲著洋酒。在他前方的桌上，擺著一些罕見的西洋酒瓶。首領將酒瓶裡的酒依序倒入杯中，好像覺得很好喝似的細細品嘗。

正當首領打算將酒杯送到嘴邊時，突然停下手來。他聽到奇怪的聲音。

這個聲音似乎是從房間角落地下道入口傳來的。首領嚇了一跳，回頭朝那個方向看，看到六名陌生的道路作業員悄悄的站在那裡。

「是誰？你們到底是誰啊？」

首領站了起來，擺好陣勢，口中大叫著。

「我們是警政署的人，特地過來接你的。」

中村警官大聲回應，五名刑警立刻上前包圍竊賊首領。

「警政署的人？哈哈哈……，這是我的光榮，但是，為什麼要抓我呢？」

白鬍子首領很平靜的問道。鑲著寶石的鮮紅外套，閃爍著光芒，彷彿尊貴的國王一般。

「我們已經知道灰色巨人的意思。原本以為是別人的暱稱，但事實

上卻不是如此，而是你這個壞蛋賊窩的名稱。那座水泥大佛確實就是灰色巨人。既然躲在這麼奇怪的地方，的確值得警方特地前來抓你。我們知道你就是震驚社會的寶石大盜，你已經無處可逃了。這個房間玻璃櫃裡的寶石全都是你偷來的吧？乖乖束手就擒吧！」

中村警官用眼神示意一名刑警上前，準備替犯人戴上手銬。

「等等，事已至此，我也沒什麼好說的了。不過，還有一件小事，二樓關著一個孩子。如果你們抓走我和我的手下，那麼，這個孩子將沒有機會活命。讓我先去救出那個孩子吧！」

首領說著令人摸不著頭緒的話。

「說謊！昨天不是已經用『彩虹皇冠』換回孩子，交還給園井先生了嗎？」

「不，不是園井正一。事實上，我還擄走了另一個孩子，將他藏在密室裡，從外面上鎖。如果我們不在，這個孩子就會死掉。」

「密室在哪裡？」

「在二樓的天花板上，而且只有我才能打開，因為開啟密室是有訣竅的，所以你們必須要帶我去打開密室。當然，你們可以在旁邊監視，我絕對不會逃走的。除了地下道之外，這裡沒有任何的出路。」

「好，就到二樓去，我們會嚴密監視你的。」

中村警官對刑警們下達命令。

「這裡就交給我和另外一個人就好了，其他四個人趕緊去找出躲在這裡的共犯。」

於是，四名刑警立刻開始搜索整個住宅建築。既然首領已經手到擒來，那麼，手下就不足為懼了。

很快的，躲在二樓及樓下的四個同夥就跟著落網。

中村警官和一名刑警，帶著白鬍子首領來到二樓。這不是普通的二樓，而是在水泥大佛內部，鋪上木板隔開，固定鐵階梯，分為上下兩層。

二樓房間的天花板相當高，上方微暗，看不清楚，感覺就好像在大佛頸部內側狹窄如洞穴般的場所。

「密室在哪裡？」

當警官詢問時，首領用手指著一處的鐵梯。那是沿著水泥牆通往上方的細小梯子，通到大佛肩膀和頸部相連處。

「從這裡看不見，不過，梯子上面有密門。如果沒有我，就無法打開密門。你們就在梯子下面等待，我馬上把那個孩子帶下來。」

首領說著就爬上梯子。動作極為敏捷，看起來根本不像是老人。爬到中途時，脫掉絆腳的外套。外套彷彿紅色大鳥似的，從空中慢慢的落下，掉到警官的面前。

首領脫掉外套後，露出黑絲絨的襯衫與長褲。

裝扮酷似馬戲團的演員，如猴子般靈活的身手，沿著梯子迅速的往上爬，不像老人該有的行動。

灰色巨人

梯子下面的刑警看了之後，感到有點擔心。

「這麼高的地方有密室，是不是在說謊啊？那傢伙會不會爬上梯子以後，就逃到其他地方去了呢？」

刑警低聲對中村警官說道。

「嗯！的確可疑，我們也爬上去看看。」

於是警官迅速爬上梯子，追趕竊賊，刑警則尾隨在後。

跑到中途時，看到梯子頂端好像有黑洞般的東西。因為燈光很暗，所以在梯子下方根本看不清楚。

竊賊首領，朝這個洞穴一直往上爬。

「等等，你想逃走嗎？不要動，再動我就開槍了。」

警官掏出手槍，對準上方大叫著。

爬到這裡才發現梯子頂端有六十公分大小的圓洞，首領似乎想從這個圓洞逃到大佛外。

警官大叫著，首領則充耳不聞，加快速度往上爬。終於爬到頂端，手碰到洞口邊緣。

「站住。」

警官在大叫的同時開槍，但是，不想射殺他而故意射偏了。

好像演員般全身漆黑的竊賊，已經啪的跳出水泥洞外。

這個洞口位於大佛的頸部附近，距離地面有數十公尺高。如果從這裡跳下去，竊賊將會粉身碎骨。

難道他真的會跳下去嗎?還是……。

空中表演

當怪老人逃到洞穴外時，中村警官才爬到梯子的一半，當然，無法追上對方。

從天花板的小洞，跳到大佛肩上的怪老人，趴在上面，從洞外伸出手，鬆開鐵梯頂端固定在水泥牆上的物體，用雙手搖晃著梯子。

「啊，危險！組長，梯子快掉了。」

下面的刑警大叫著。

怪老人似乎想要鬆開梯子。

中村警官用雙手抓緊梯子以避免掉落。但是，搖晃得愈來愈厲害，眼看鐵梯就要滑落，他也只好趕緊爬下梯子。

就在此時，長長的鐵梯發出可怕的聲響，應聲落地。

怪老人從天花板的洞穴探出頭來。白鬍子下方鮮紅的嘴唇咧開，發出勝利的笑聲。

「哇哈哈哈……，上當了吧！這裡怎麼可能藏有小孩呢？這是我最後脫身的伎倆。接下來我就要到天堂去了，你們再怎麼懊惱也無法抓到我。我要飛上遙遠的高空了。」

老人將頭縮了回去，傳來啪答的聲音，天花板的洞一片黑暗，原來蓋子從上面蓋上了。

頂端是觀音像的肩膀上，怪老人走在水泥製觀音像的巨大肩膀上，開始朝佛像巨大的頭往上爬。

蓋在觀音頭上的東西，呈現宛如波浪般的皺摺。老人將這裡當成立足點，不斷的往上爬。由於是垂直的峭壁，所以彷彿在攀岩似的，如果不是習慣冒險的人，根本沒有勇氣爬上去。

然而白鬍子怪老人卻有如青年般矯健的身手。他迅速往上爬，不久就來到觀音的頭頂上。

怪人站立在巨大的水泥頭上。

全身漆黑，站在大佛頂上，挺立在廣大的藍天中，出現一幅異樣的光景。

怪人高舉雙手，好像在做什麼信號似的。越過眼下，看到偌大的森

林，再看向更遠的地方。

難道竊賊的同夥就躲在那裡嗎？難道他是在對同夥揮手嗎？

不一會兒，森林的另一頭傳來噗的聲音，有一隻彷彿大蜻蜓般的東西在空中飛翔著。原來是一架直升機。大而圓的駕駛座，有如眼珠子般的閃耀光芒。

看到直升機，水泥佛頭上的怪老人舉起雙手，做出了信號。

在藍天下飛翔的直升機，慢慢的朝這兒接近。

直升機的駕駛座上，坐的應該是竊賊的手下。怪老人為了避免被警方逮捕，早就準備搭乘直升機逃逸，這可以說是他最後的王牌。

那麼，怪老人要如何坐上這架直升機呢？直升機不可能降落到地面上，因為那裡有大批的警察等候。佛像中一樓的三名刑警，在抓住竊賊的手下之後，立刻打電話通知鄰近的警察局，所以數十名警察早就包圍佛像四周。

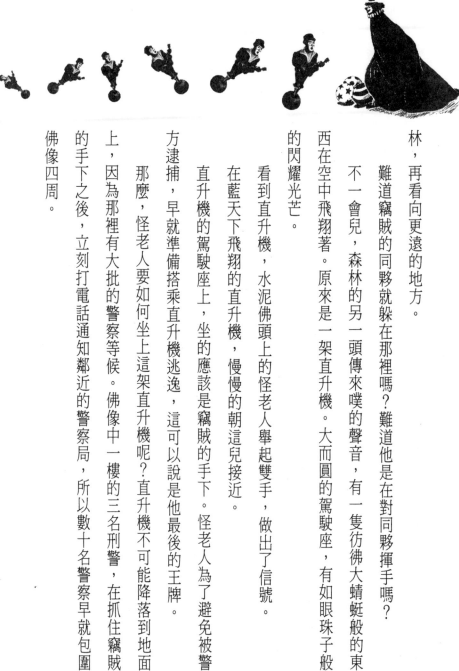

「哇」的叫聲從下方傳來。警察們一邊看著佛像頭上的怪老人，一邊異口同聲的不知道在叫些什麼。

怪老人俯看這一切，白鬍子下的鮮紅嘴唇再度咧開，露出勝利的微笑。攤開右手，用拇指搓搓鼻尖，五根手指蠕動著。

「活該，你們沒辦法爬到這裡來吧！」

嘲笑著下面的警察。

警察們雖然非常懊惱，卻又無可奈何。如果出動消防車，也許高度可以到達佛像的肩膀，但是，現在打電話過去也來不及了，只能在下面「哇、哇」的叫著。

這時，直升機已經來到了佛像的頭部上方盤旋，展開驚險的表演。圓形駕駛座的出入口開啟，隨即拋下了長繩梯，長繩梯在空中不斷的搖晃著。

站在佛像頭頂上的怪老人想伸手抓住繩梯，卻一直抓不到。直升機

在空中不停的盤旋，想讓老人抓住繩梯，過程驚險萬分，從下方往上看的警察們不禁捏了一把冷汗。

啊，危險！啊，還差一點！即使對方是壞蛋，眾人也不願意看到他從高空墜落，也希望他能夠平安無事的抓住繩梯。

啊，終於抓住了！

怪老人終於抓住了繩梯，並開始往上爬。

長長的繩梯有如鞦韆似的劇烈搖晃。在空中往上爬，比起馬戲團的空中表演更驚險刺激。

怪老人就像年輕的表演者一樣，動作敏捷的迅速往上攀爬。雖然繩梯晃動劇烈，但他還是不斷的往上爬。

啊！好險，終於抵達了駕駛座。年輕的駕駛抓住老人的手，將他拉了上去，接著就收起繩梯。

直升機朝東京飛去，駕駛座上坐著怪老人和他的手下，他們的身影

灰色巨人

隨著直升機漸去漸遠而變得愈來愈小，幾乎快要看不見了。不久之後，直升機就從眾人的視野中消失。

怪人的下場

直升機駕駛座上的駕駛，和怪老人笑著聊天。

「哈哈哈……這些警察現在一定很懊惱，活該！哈哈哈……。明智偵探這傢伙雖然知道灰色巨人的祕密，但還是抓不到我。就算是名偵探，恐怕也沒有發現直升機吧！」

當怪老人洋洋得意時，駕駛也說道：

「喜歡從空中逃走是首領的習慣，像在百貨公司的屋頂上藉著廣告汽球逃到品川，當時也是利用直升機。竟然沒有察覺到這一點，實在是個笨偵探……。但是首領，留下這麼多的寶石真是可惜。首領長久以來收藏的寶石，眼看就要全部落入警方手中。」

駕駛是一名年約三十五、六歲的男子，身穿皮革製的飛行衣，戴著飛行眼鏡，蓄著稀疏的黑色鬍子，是怪老人最信任的手下長野。

「的確很可惜，但是，沒時間帶走寶石。無所謂，我很快就會將那些寶石再偷回來的。總之，只要能讓明智傢伙氣得直跳腳，那就達成目的了。那傢伙每次都在最後破壞好事，這次就無計可施了吧！現在他一定很懊惱。」

「做得太漂亮了！可是首領，明智人在哪裡？在逮捕首領的人當中有看到明智嗎？」

「不，沒有，我也覺得很奇怪。前來的只有中村警官和五名刑警。」

「咦，那傢伙真奇怪！那個偵探現在身在何方，好像有點不對勁噢！」

「嗯！我也覺得很詭異。」

直升機並沒有通過街道或任何鄉村的上方，只是沿著山邊，朝東京市西方盡頭的奧多摩前進。眼下可以看到猶如山上的森林及紅色的泥土的縮小圖。

「我有事想問首領。自從在百貨公司的屋頂上利用廣告汽球逃走之後，首領的做法變得非常氣派，似乎不一定想要得到寶石，而是想要展現自己高明的技巧，是不是因為這次的對手是明智小五郎呢？為了打擊明智，所以希望自己能夠獲勝。」

當手下這麼詢問時，怪老人用力的點了點頭，說道：

「當然囉！我雖然想要寶石，但擊退明智才是首要目標。那傢伙是我一生的仇人。」

「哦！原來如此。那麼首領，你認為明智會甘願認輸嗎？就算首領能夠很有技巧的逃脫，但是，我想明智還是會抓住首領的。」

手下長野，突然說出驚人的話語。

「你說什麼?長野，你是怎麼回事啊!怎麼說出這麼可惡的話，你是什麼意思，再給我好好的說一次。」

怪老人氣得直瞪著長野。

「說幾次都一樣，明智一定會抓住首領的。」

「哇哈哈哈……，少說蠢話。現在明智根本抓不到我。我在空中，他怎麼可能抓得到我。」

「也許他抓得到你噢!哈哈哈……喂，二十面相!不，也許應該說你是四十面相吧!你不妨將我的假髮和鬍子扯掉，那麼，你就可以看清我的真面目了。」

這時，長野用左手脫掉飛行帽，拉下鬍子，露出他的真面目。

「啊!你、你是明智小五郎!」

原本以為是自己的手下，沒想到竟然是明智偵探，令怪老人錯愕不已。

「你的手下長野已經被五花大綁，扔在觀音像對面的森林當中，由我取而代之擔任直升機的駕駛。這頂假髮也可以拿掉了。」

明智伸出左手，拿掉怪老人的假髮，結果露出一張年輕的臉龐，是個年約四十歲的男子。到底是不是他真正的臉不得而知，但這的確是四十面相其中的一個面貌。

被揭穿真面目的四十面相，很快的恢復鎮定，笑著說道：

「嘿嘿嘿……實在讓人驚訝，不愧是名偵探！但到底是誰輸誰贏還不知道呢！現在你駕駛直升機，如果手離開方向盤，我們兩人就會掉下去。而我雙手自由，這次應該是我獲勝了吧！」

四十面相笑著，從口袋裡掏出手槍，抵住明智的身體。

「哈哈哈……終於拿出傢伙來了啊！你不是說絕對不殺人嗎？所以你絕對不會開槍的。就算你想開槍，裡面也沒有子彈。哈哈哈……你仔細檢查一下手槍吧！有沒有子彈呢？」

四十面相聽他這麼說，臉色大變，立刻檢查手槍，結果發現裡面根本沒有子彈。

「哈哈哈……今天早上我假扮成你的手下，進入佛像的身體內，將『彩虹皇冠』調包。而且在你說話之前，就已經掏出你口袋裡的手槍，取出了子彈。沒想到，沒想到……你還好好的收藏著這把沒有子彈的手槍呢！哈哈哈……」

聽到這裡，四十面相氣得咬牙切齒，將手槍扔在腳邊。

「這次輪到我了，你給我乖乖的坐好。」

明智拿出手槍，抵住四十面相。

這時，兩人的後方用卡其色的布包住的東西突然開始移動。裡面露出一張可愛的少年臉龐。四十面相原以為裡面蓋著的是機械，所以不以為意，沒想到竟然是小林少年。

小林掀開布，將準備好的鐵絲做成圓圈，套在四十面相的頭上，拉

緊鐵絲，讓他雙手無法動彈。

四十面相實在太粗心大意了。對於來自背後的攻擊根本無法抵抗，連雙手都被綑綁。小林彷彿小松鼠一般，俐落的取出鐵絲，瞬間就綁住了四十面相雙腳的腳踝和膝蓋，使其動彈不得。

當然，後來他遭到警方逮捕，這就是怪人四十面相最後的下場。

直升機掉頭，朝東京市飛去。不到四十分鐘就來到品川車站。沿途飛經新橋車站、東京車站、日比谷公園，抵達警政署。

直升機在警政署盤旋了一會兒，慢慢的降低高度。大批警察跑到警政署屋頂上的中庭，抬頭看著直升機。就在這時，從空中拋下塞著「逮捕四十面相，直升機即將著陸於警政署的中庭。明智小五郎」紙條的塑膠筒。

直升機又打轉了一陣子之後，緩緩的在中庭著陸。看到直升機著陸，警察們一湧而上，包圍住直升機。

灰色巨人

怪人四十面相，當然被順利的交到警方手中。第二天的報紙，則像以往發生的許多事件一樣，大篇幅的刊登明智偵探和小林的照片，大肆報導他們的事蹟。

解說

我、我、我們是少年偵探團

砂田弘
（兒童文學作家）

大家有沒有聽過「少年偵探團」的歌呢？歌詞如下。

我、我、我們是少年偵探團
有勇氣　深藍色
燃燒希望的呼聲
回想在旭日高掛的天空中
我、我、我們是少年偵探團

這是一九五六年到五七年日本廣播製作的超人氣廣播劇「少年偵探

團」的主題曲。當時電視上也有播放，但是，家裡有電視的人很少，可以說是收音機的全盛時期。

除了星期六和星期日之外，每晚六點十五分至三十分為止，也會播放十五分鐘。每到這個時間，家家戶戶的孩子都會聚集在收音機前，興奮的聽著廣播。因為廣播劇密集播放，所以很多的少年男女們都成為「少年偵探」系列的忠實讀者。

馬戲團少女躲藏的石獅子

主題曲更是大受歡迎。當「我、我、我們是少年偵探團」的歌開始高唱時，最能深入孩子們的心靈。無論是鄉村或城市，全國各地都可以聽到孩子們高唱「少年偵探團」的主題曲。

廣播劇「少年偵探團」從「怪盜

二十面相」開始到「馬戲怪人」為止，總共有十八部。一部有二十五集。第十一部「灰色巨人」就播放了三十五集。與其他故事相比，登場人物較多，而且有更多精采的情節。

『灰色巨人』從一九五五年一月到十二月為止，在「少年俱樂部」（講談社發行）中連載。「少年俱樂部」連載了「少年偵探」系列的第一部『怪盜二十面相』到第四部『大金塊』。

太平洋戰爭後的系列全都在「少年」（光文社發行）中連載。亂步在闊別十六年之後，重新於「少年俱樂部」中連載。而且打破一年一部作品的慣例，變成一年可以寫兩部，甚至是三部作品。

本書的主角，是想要偷走昂貴寶石的灰色巨人。而緊追不捨的是明智小五郎、少年偵探團，以及警政署的中村警官，這些都是讀者們所熟悉的人物。

灰色巨人到底是何方神聖?原來竟然是二十面相。這個謎底在故事

灰色巨人

接近尾聲時才揭曉，各位讀者一定感到很驚訝吧！戰後在「少年俱樂部」連載的第一部作品，擁有和以往截然不同的故事架構。

故事主要的舞台是馬戲團的帳篷。亂步很喜歡馬戲團。即使是在適合成人閱讀的小說中，也經常出現馬戲團。「少年偵探」系列也有馬戲團登場。最早出現的時間是在『灰色巨人』這個故事當中。

一九五〇年代的日本有很多馬戲團，在空地搭帳篷公演。孩子們非常喜歡看他們的表演。相信每個孩子都曾經看過馬戲團精采的演出。

和現在馬戲團同樣的，包括空中盪鞦韆、走鋼索等，其中以馴獸表演最受人歡迎。另外，也有像故事中以高大男子和侏儒為主進行表演的馬戲團。而和現在明朗的馬戲團不同的則是，過去的馬戲團有其不為人知的一面。

明智偵探和二十面相都是易容高手。在故事當中他所喬裝的拾荒老人，現在可能已經很少見。不過，正如「酒矸通賣無」這首歌所描寫的，

以前確實會有很多拾荒老人挨家挨戶的撿拾破爛。

拾荒老人收購舊報紙、舊雜誌、破舊的衣服和老舊的家具等家中廢棄的東西。當時正處於物資匱乏的時代，很多人會將舊報紙或舊雜誌裝成一袋，或者是將破舊的衣服或老舊的家具賣給想要收購的人。買回來的東西幾乎還可以再使用一陣子。拾荒老人就是負責這種重要的資源回收工作。

雖然故事描寫的是四十多年前的日本，但是，明智小五郎和少年偵探團的活躍場面依然栩栩如生，讓人感覺不到背景是在過去。這就是「少年偵探」最大的魅力所在。

大展出版社有限公司
品冠文化出版社

圖書目錄

地址：台北市北投區(石牌)
致遠一路二段 12 巷 1 號
郵撥：01669551＜大展＞
電話：(02)28236031
28236033
傳真：(02)28272069

法律專欄連載・大展編號 58

台大法學院　法律學系／策劃
法律服務社／編著

1. 別讓您的權利睡著了(1)		200 元
2. 別讓您的權利睡著了(2)		200 元

・生 活 廣 場・品冠編號 61・

1. 366 天誕生星	李芳黛譯	280 元
2. 366 天誕生花與誕生石	李芳黛譯	280 元
3. 科學命相	淺野八郎著	220 元
4. 已知的他界科學	陳蒼杰譯	220 元
5. 開拓未來的他界科學	陳蒼杰譯	220 元
6. 世紀末變態心理犯罪檔案	沈永嘉譯	240 元
7. 366 天開運年鑑	林廷宇編著	230 元
8. 色彩學與你	野村順一著	230 元
9. 科學手相	淺野八郎著	230 元
10. 你也能成為戀愛高手	柯富陽編著	220 元
11. 血型與十二星座	許淑瑛編著	230 元
12. 動物測驗—人性現形	淺野八郎著	200 元
13. 愛情、幸福完全自測	淺野八郎著	200 元
14. 輕鬆攻佔女性	趙奕世編著	230 元
15. 解讀命運密碼	郭宗德著	200 元
16. 由客家了解亞洲	高木桂藏著	220 元

・女醫師系列・品冠編號 62

1. 子宮內膜症	國府田清子著	200 元
2. 子宮肌瘤	黑島淳子著	200 元
3. 上班女性的壓力症候群	池下育子著	200 元
4. 漏尿、尿失禁	中田真木著	200 元
5. 高齡生產	大鷹美子著	200 元
6. 子宮癌	上坊敏子著	200 元

7. 避孕　早乙女智子著　200元
8. 不孕症　中村春根著　200元
9. 生理痛與生理不順　堀口雅子著　200元
10. 更年期　野末悅子著　200元

・傳統民俗療法・品冠編號 63

1. 神奇刀療法　潘文雄著　200元
2. 神奇拍打療法　安在峰著　200元
3. 神奇拔罐療法　安在峰著　200元
4. 神奇艾灸療法　安在峰著　200元
5. 神奇貼敷療法　安在峰著　200元
6. 神奇薰洗療法　安在峰著　200元
7. 神奇耳穴療法　安在峰著　200元
8. 神奇指針療法　安在峰著　200元
9. 神奇藥酒療法　安在峰著　200元
10. 神奇藥茶療法　安在峰著　200元
11. 神奇推拿療法　張貴荷著　200元

・彩色圖解保健・品冠編號 64

1. 瘦身　主婦之友社　300元
2. 腰痛　主婦之友社　300元
3. 肩膀痠痛　主婦之友社　300元
4. 腰、膝、腳的疼痛　主婦之友社　300元
5. 壓力、精神疲勞　主婦之友社　300元
6. 眼睛疲勞、視力減退　主婦之友社　300元

・心想事成・品冠編號 65

1. 魔法愛情點心　結城莫拉著　120元
2. 可愛手工飾品　結城莫拉著　120元
3. 可愛打扮 & 髮型　結城莫拉著　120元
4. 撲克牌算命　結城莫拉著　120元

・少年偵探・品冠編號 66

1. 怪盜二十面相　江戶川亂步著　特價 189元
2. 少年偵探團　江戶川亂步著　特價 189元
3. 妖怪博士　江戶川亂步著　特價 189元
4. 大金塊　江戶川亂步著　特價 230元
5. 青銅魔人　江戶川亂步著　特價 230元
6. 地底魔術王　江戶川亂步著　特價 230元

7. 透明怪人　江戶川亂步著　特價 230 元
8. 怪人四十面相　江戶川亂步著　特價 230 元
9. 宇宙怪人　江戶川亂步著　特價 230 元
10. 恐怖的鐵塔王國　江戶川亂步著　特價 230 元
11. 灰色巨人　江戶川亂步著　特價 230 元
12. 海底魔術師　江戶川亂步著　特價 230 元
13. 黃金豹　江戶川亂步著
14. 魔法博士　江戶川亂步著
15. 馬戲怪人　江戶川亂步著
16. 魔人銅鑼　江戶川亂步著
17. 魔法人偶　江戶川亂步著
18. 奇面城的秘密　江戶川亂步著
19. 夜光人　江戶川亂步著
20. 塔上的魔術師　江戶川亂步著
21. 鐵人Ｑ　江戶川亂步著
22. 假面恐怖王　江戶川亂步著
23. 電人Ｍ　江戶川亂步著
24. 二十面相的詛咒　江戶川亂步著
25. 飛天二十面相　江戶川亂步著
26. 黃金怪獸　江戶川亂步著

・武術特輯・大展編號 10

1. 陳式太極拳入門　馮志強編著　180 元
2. 武式太極拳　郝少如編著　200 元
3. 練功十八法入門　蕭京凌編著　120 元
4. 教門長拳　蕭京凌編著　150 元
5. 跆拳道　蕭京凌編譯　180 元
6. 正傳合氣道　程曉鈴譯　200 元
7. 圖解雙節棍　陳銘遠著　150 元
8. 格鬥空手道　鄭旭旭編著　200 元
9. 實用跆拳道　陳國榮編著　200 元
10. 武術初學指南　李文英、解守德編著　250 元
11. 泰國拳　陳國榮著　180 元
12. 中國式摔跤　黃　斌編著　180 元
13. 太極劍入門　李德印編著　180 元
14. 太極拳運動　運動司編　250 元
15. 太極拳譜　清・王宗岳等著　280 元
16. 散手初學　冷　峰編著　200 元
17. 南拳　朱瑞琪編著　180 元
18. 吳式太極劍　王培生著　200 元
19. 太極拳健身與技擊　王培生著　250 元
20. 秘傳武當八卦掌　狄兆龍著　250 元
21. 太極拳論譚　沈　壽著　250 元

22. 陳式太極拳技擊法	馬 虹著	250 元
23. 二十四式/三十二式 太極 拳/劍	闞桂香著	180 元
24. 楊式秘傳 129 式太極長拳	張楚全著	280 元
25. 楊式太極拳架詳解	林炳堯著	280 元
26. 華佗五禽劍	劉時榮著	180 元
27. 太極拳基礎講座：基本功與簡化 24 式	李德印著	250 元
28. 武式太極拳精華	薛乃印著	200 元
29. 陳式太極拳拳理闡微	馬 虹著	350 元
30. 陳式太極拳體用全書	馬 虹著	400 元
31. 張三豐太極拳	陳占奎著	200 元
32. 中國太極推手	張 山主編	300 元
33. 48 式太極拳入門	門惠豐編著	220 元
34. 太極拳奇人奇功	嚴翰秀編著	250 元
35. 心意門秘籍	李新民編著	220 元
36. 三才門乾坤戊己功	王培生編著	220 元
37. 武式太極劍精華 +VCD	薛乃印編著	350 元
38. 楊式太極拳	傅鐘文演述	200 元
39. 陳式太極拳、劍 36 式	闞桂香編著	250 元
40. 正宗武式太極拳	薛乃印著	220 元
41. 杜元化＜太極拳正宗＞考析	王海洲等著	300 元
42. ＜珍貴版＞陳式太極拳	沈家楨著	元
43. 24 式太極拳＋VCD	中國國家體育總局著	350 元

・原地太極拳系列・大展編號 11

1. 原地綜合太極拳 24 式	胡啟賢創編	220 元
2. 原地活步太極拳 42 式	胡啟賢創編	200 元
3. 原地簡化太極拳 24 式	胡啟賢創編	200 元
4. 原地太極拳 12 式	胡啟賢創編	200 元

・名師出高徒・大展編號 111

1. 武術基本功與基本動作	劉玉萍編著	200 元
2. 長拳入門與精進	吳彬 等著	220 元
3. 劍術刀術入門與精進	楊柏龍等著	220 元
4. 棍術、槍術入門與精進	邱丕相編著	220 元
5. 南拳入門與精進	朱瑞琪編著	220 元
6. 散手入門與精進	張 山等著	220 元
7. 太極拳入門與精進	李德印編著	元
8. 太極推手入門與精進	田金龍編著	元

國家圖書館出版品預行編目資料

灰色巨人／江戶川亂步著；施聖茹譯
－－初版－臺北市，品冠文化，2002〔民 91〕
面；21 公分 ── （少年偵探；11）
譯自：灰色の巨人
ISBN 957-468-138-6（精裝）

861.59　　91005020

版權仲介：京王文化事業有限公司

少年偵探 11 **灰色巨人** ISBN 957-468-138-6

著　者／江戶川亂步
譯　者／施　聖　茹
發 行 人／蔡　孟　甫
出 版 者／品冠文化出版社
社　址／台北市北投區（石牌）致遠一路 2 段 12 巷 1 號
電　話／(02) 28233123・28236031・28236033
傳　真／(02) 28272069
郵政劃撥／19346241
E - mail／dah-jaan @ms 9.tisnet.net.tw
登 記 證／北市建一字第 227242 號
區域經銷／千淞圖書有限公司
地　址／三重市中興北街 186 號 5 樓
電　話／(02)29999958
承 印 者／高星印刷品行
裝　訂／源太裝訂實業有限公司
排 版 者／千兵企業有限公司
初版 1 刷／2002 年（民 91 年） 6　月

~~定　價／300 元~~
特　價／230 元